Keiner der des Winters Lichte sah, die Ruhe und Jungfräulichkeit der Natur, wird anderswo Vergleichbares finden.

Reto Koller

Dunkelzeit

© 2019
Herstellung und Verlag: BoD – Books on Demand, Norderstedt.
ISBN: 9783749422081

Prolog

Skarsfjord, Dezember 1978

Seit Stunden fiel Schnee in dicken Vorhängen vom Himmel und verwandelte die Landschaft in eine schier undurchdringbare Schneewüste. Hin und wieder ruhten sich die Wolken aus und gaben die Bühne einem funkelnden Sternenmeer frei.

Es war Nacht im Norden Norwegens. Diese dauerte zu der Jahreszeit fast den ganzen Tag. Die Polarnacht hatte ihren Schatten über die Fjorde gelegt und verwandelte die Landschaft mit ihren hohen Bergen in eine geheimnisvoll anmutende Szenerie.

Der Schnee verschluckte sämtliche Geräusche und man fühlte sich, als hätte man Watte in den Ohren. Nur das leise Säuseln der Schneeflocken konnte man hören, wie Geister, die sich im Dunkeln etwas zuflüsterten.

Ein Fuchs im flauschigen Winterfell stellte seine Ohren auf und hielt in seinen Bewegungen inne. Lautes Keuchen und Schluchzen durchbrachen die Melancholie der Nacht. Alarmiert ergriff er die Flucht und verschwand im Dickicht eines nahen Waldes. Eine weisse Gestalt bewegte sich mühsam durch die kniehohe Schneeschicht.

Es war ein junges Mädchen im Nachthemd, die blonden Haare standen ihr wirr vom Kopf ab. Jeder Schritt schien qualvoller als der vorherige zu sein, doch pure Angst schien sie voranzutreiben. Immer wieder blickte sie über ihre Schulter nach hinten und drängte danach noch energischer vorwärts.

Mari spürte, wie ihre Oberschenkel zu brennen begannen und auch der Schnee war bei jedem Schritt wie tausend Nadeln, die sich in ihre nackten Füsse zu bohren schienen. Mehrmals stolperte sie, fiel hin, rappelte sich wieder auf und lief weiter in die verschneite Nacht. Hinter ihr konnte sie den Verfolger hören, wie er ihren Namen rief und Verwünschungen ausstiess. Übelkeit überkam sie. Sie versuchte noch schneller zu rennen, aber ihre Beine hatten kaum noch Kraft. Der Schnee schien sie am Weitergehen hindern zu wollen. Vor ihr tauchte ein Wald auf, dunkel und bedrohlich schälte er sich aus dem Schnee. Sie blickte zurück und sah ihren Verfolger, der ungefähr noch fünfzig Meter von ihr entfernt war und schnell näherkam. Ausser Atem erreichte sie die ersten Bäume des Waldes. Dunkelheit umschloss sie, doch immerhin wurde es nun einfacher vorwärts zu kommen, der Schnee lag hier nicht ganz so hoch. Sie blickte sich um und suchte nach einem geeigneten Versteck, konnte aber wegen der Dunkelheit kaum etwas erkennen. Sie blickte hoch, vielleicht konnte sie auf einen Baum klettern. Doch die ersten Äste waren so hoch, dass sie diese mit ihrem kleinen Körper nie hätte erreichen können. Tränen flossen ihr über die brennenden Wangen und ihre Beine fühlten sich an wie Pudding. Erneut begann sie zu rennen. Das Terrain wurde nun steiler und sie musste sich einen Abhang hinaufkämpfen. Mehrmals stachen ihr Wurzeln und abgebrochene Äste in die Fusssohlen. Sie spürte, wie ihre Beine langsam den Dienst versagten. Ihre Lunge brannte wie Feuer von der kalten Luft, die sie nun in gierigen Zügen einsog. Kleine Äste schlugen ihr ins Gesicht, rissen die Haut auf, und sie spürte ein warmes Rinnsal den Hals hinunterfliessen.

Weiter unten konnte sie hören, dass ihr Verfolger ebenfalls den Wald erreicht hatte. Äste knackten, ein dumpfer Schlag ertönte und danach Flüche. Er war hingefallen. Sie gewann dadurch etwas Zeit. Doch er würde nicht lange liegen bleiben.

Dann stand sie plötzlich an der Baumgrenze. Weiter oben hatte es keine Bäume mehr, nur tief verschneite Hänge. Sie kannte den Ort nur allzu gut.

Es hatte aufgehört zu schneien und sie konnte Sterne über sich funkeln sehen. Ein schmales, smaragdgrünes Band schlängelte sich über den Himmel; das Nordlicht. Sie stand auf einem vorgelagerten Hügel. Unter ihr sah sie das Ende des Fjords und zwei kleine Häuser. Ihr Zuhause.

Sie blickte nach oben und verlor sich trotz pochendem Herzen in den grünen Tiefen des Nordlichts.

Schreie ertönten. «Wo steckst du, du Verräterin? Antworte mir!» Sie sah, wie er die letzten Bäume des Waldes hinter sich liess und in den Schnee hinaustrat. Er schaute in alle Richtungen, dann entdeckte er ihre Fussspuren. Ihre Blicke trafen sich.

«Habe ich dich», schrie er, hob einen Ast vom Boden auf und stapfte auf sie zu.

Mari rang mit dem Gedanken, ob sie weiterlaufen oder einfach stehen bleiben sollte. Ihre Beine brannten wie Feuer und sie gehorchten ihr kaum noch. Selbst wenn sie jetzt flüchtete, hätte er sie ohnehin nach ein paar Metern eingeholt. Die Kraft entwich ihr wie die Luft einem Ballon.

Rücklings liess sie sich in den Schnee fallen und blickte nach oben in die wabernden Nordlichter. Immer schneller wechselten diese ihre Formen und tauchten die Landschaft in ein Licht, das nicht von dieser Welt zu sein schien. Diesen Anblick würde sie am meisten vermissen, dachte sie. Nichts konnte diesen Moment ersetzen. Die Stille der Nacht, die flackernden Lichter, die Kälte des Schnees und ihre Atemwolken, die stossweise gegen den grünen Himmel davonschwebten.

Dann hörte sie das schwere Keuchen ihres Vaters neben sich. Begleitet von einem beissenden Gestank. Ihre Blicke trafen sich und ein Grinsen breitete sich auf seinem Gesicht aus, so hämisch und selbstgefällig, wie immer, wenn er sie in die Ecke getrieben hatte.

«Verraten wolltest du mich also?» Ihr Vater stand neben ihr, sein Gesicht war rot vor Wut. Speichel lief ihm aus dem Mund und die gelben Zähne sahen aus, als würden sie zu einem bösen Biest gehören.

Zum ersten Mal seit Wochen fühlte sie sich innerlich ruhig. Die Anspannung und Angst liessen von ihr ab. Mit einem Lächeln im Gesicht wandte sie sich von ihm ab und schaute in den tanzenden Himmel.

Dann hob er seinen Arm und liess den Ast auf sie niedersausen. Danach verschwanden die Lichter am Himmel und es wurde schwarz und ruhig.

~

Skarsfjord, 25. November 1998

Das alte Haus hatte schon viele Winter durchs Land gehen sehen. Es ächzte und stöhnte bei jedem Windstoss und die Dachbalken protestierten mit lautem Knarzen gegen den Zerfall.

Ein blondes Mädchen im weissen Nachthemd streifte durch die Ruine, auf einer aussichtslosen Suche nach etwas, das der Welt verborgen blieb. Wie auf jedem ihrer Streifzüge, blieb sie an einem Fenster im oberen Stock stehen und blickte auf den Fjord. Das tat sie manchmal stundenlang. Warum sie das tat, wusste niemand. Es sah sie ja auch niemand. Sie war unsichtbar für den Rest der Welt. Und auch die Spiegel und Fenster im Haus vermochten das Bild des Mädchens nicht preisgeben, so als wäre sie Luft.

Seit Jahren verbrachte sie ihre Tage nach immer demselben Muster. Sie würde hier für immer wandern, rastlos, und ohne Hoffnung. Was einst war, hatte die Zeit schon lange mitgenommen und zurück blieb nur Leere und Zerfall.

Doch eines Tages, als sie wieder an ihrem Fenster stand, fuhr beim Nachbarhaus ein Auto vor. Ein Mädchen mit überaus langen, braunen Haaren stieg aus und blieb mit einem Mann vor dem Haus stehen. Eine Weile bestaunte das Mädchen das Haus von oben bis unten und schien die Kälte des Winters nicht zu spüren.

Gemeinsam mit dem Mann, wahrscheinlich dem Vater, und einer Dame die aus dem Haus geeilt gekommen war, gingen sie in Richtung Haustür. Das blonde Mädchen beobachtete die neuen Ankömmlinge akribisch, die Handflächen von Innen an die Scheiben gepresst, die Nase berührte die Fensterscheibe, hinterliess jedoch

9

keinen Atemabdruck.

Das braunhaarige Mädchen stieg die Stufen der Veranda hoch und näherte sich der Eingangstür. Doch bevor sie über die Schwelle trat, blickte sie zu ihr hinüber. Das blonde Mädchen spürte den Blick. Die jahrelange Kälte in ihrem Körper war für einen kurzen Moment verschwunden. Eine verloren geglaubte Hoffnung blitzte für eine Sekunde auf.

Dann sah sie zu, wie das Mädchen das Haus betrat und die Kälte kehrte zurück.

Entscheidung

Ringvassøya, **25. November 1998**

Emily Dahl sass auf dem Beifahrersitz neben ihrem Vater Gunnar und blickte auf die vorüberziehende Landschaft. Die Strasse war schneebedeckt und ihr Vater umklammerte krampfhaft das Lenkrad. Die Strasse bot sich abenteuerlich und forderte seine ungeteilte Aufmerksamkeit. Emily war so müde, dass sie nur noch einen Wunsch hatte; so bald wie möglich unter die warme Bettdecke schlüpfen. Das Holpern des Wagens übertrug sich auf sie und sie musste gegen ein eisernes Schlafbedürfnis ankämpfen. Seit sechs Uhr in der Früh war sie schon unterwegs. Von Solothurn nach Zürich, weiter über Oslo bis nach Tromsø. Die Reise schien kein Ende zu nehmen. Und dann war da diese Dunkelheit. Strassenlaternen schien es hier nicht zu geben. Das einzige Licht spendeten die Autoscheinwerfer.

Seufzend zupfte sie an ihren langen, braunen Haaren, um sich die Zeit zu vertreiben. Im Seitenfenster sah sie ihr Spiegelbild und blieb darin hängen. Sie betrachtete ihre Nase. Sie hatte dieselbe schmale Form wie die ihrer Mutter. Auch die Grübchen hinter den Mundwinkeln hatte sie von ihr geerbt. Ihr Vater sagte ihr immer, dass er diesen Gesichtszug an ihr liebte.

Ihr Blick blieb an dem kleinen Muttermal unterhalb der Lippen hängen. Früher hatte sie das nicht gestört, doch in letzter Zeit hatte sie vermehrt darauf geachtet und es störte sie jetzt.

Der Wagen holperte auf einmal und Emily wurde für kurze Zeit aus dem Sitz gehoben.

«Meine Güte, was für eine Strasse», sagte ihr Vater und umklammerte das Lenkrad noch fester.

Emily schaute ihren Vater von der Seite an und bemerkte, wie er seine Stirn in tiefe Falten gelegt hatte. Sie hatte ihn immer für seinen rauen Gesichtsausdruck bewundert. Sie erinnerte sich an ihre Freunde, als sie ihm zum ersten Mal gegenüberstanden. Kaum einer brachte ein Wort über die Lippen. Ihr Vater hatte dabei Emily immer zugezwinkert und sie musste schmunzeln. Mit den rötlichbraunen Haaren und dem Bart, wirkte er wie ein Krieger aus einem Wikingerfilm. Jetzt trug er allerdings einen nordischen Wollpullover und hätte damit ein Porträt für eine skandinavische Reisezeitschrift abgeben können.

Emily blickte wieder zum Fenster raus. Sie hatte zu viel Zeit zum Nachdenken. Das war nicht gut. Allzu schnell war der Gedanke an Mutter wieder präsent. Genau das wollte sie eigentlich vermeiden. Seit neun Monaten folterten diese Gedanken sie von morgens bis abends. Mutters Tod hatte sie in eine Spirale von Trauer und Erinnerungen gerissen. Alles um sie hatte sich verändert, und dies nicht zum Guten. Die Schulnoten tauchten auf ein historisches Tief. Mehr als einmal musste ihr Vater beim Lehrer vorsprechen und jedes Mal endete das darauffolgende Gespräch zwischen ihnen mit einem Streit. So war es nicht verwunderlich, dass sie sich am liebsten in ihr Zimmer zurückzog, in ein Buch eintauchte und die Aussenwelt ausschloss. Ihr Vater hatte es aufgegeben, danach mit ihr noch ein versöhnliches Gespräch zu führen. Sie liess ihn nicht an sich ran. Das schien dann der Auslöser gewesen zu sein, dass er abends immer

länger arbeitete. Das Abendessen ass sie an mehr als einem Abend
der Woche alleine. Meistens entschuldigte er sich dann bei ihr, dass
er schon wieder so lange arbeiten musste. Er hatte dadurch auch oft
schlechte Laune gehabt und gab ihr Schelte, wenn ihr Zimmer
aussah wie ein Schweinestall, wie er es nannte.

Wie oft hatte sie sich in den Schlaf geweint. Aber da war sie nicht
die Einzige. An unzähligen Abenden konnte sie ihren Vater heimlich
weinen hören. In diesen Momenten konnte sie die Trauer kaum noch
aushalten. Sie wurde innerlich förmlich zerrissen.

Dann, eines Abends, sie lag im Bett und las in einem Buch, setzte er
sich zu ihr ans Bett. Mit ernster Miene schaute er sie an.

«Das Leben ist grade sehr schwer für uns, nicht wahr?»
Emily nickte nur kurz und las weiter. Ihr Vater drückte sanft das
Buch nach unten und forderte sie so auf, ihn anzusehen.

«Du und ich machen eine schwere Zeit durch. Wir sind beide
von der Trauer wie gelähmt. Wir funktionieren nicht mehr so wie
vorher. So vieles ist anders geworden. Die vielen Überstunden, die
Arbeit hier Zuhause, deine Noten, die Leute die immer und immer
wieder über Mama reden wollen. Das alles ist schlimm. Aber nicht
so schlimm, wie die Tatsache, dass wir uns immer weiter
voneinander entfernen. Das tut mir am meisten weh. Und, dass ich
deinen Schmerz sehe.» Er machte eine Pause und streichelte ihr die
Hand.

Emily wollte weiterlesen, aber sie fühlte, dass es nicht richtig wäre.

«Ich glaube es ist jetzt Zeit, dass wir aufstehen, den Staub
abschütteln und unseren beiden Leben eine Änderung gönnen. Was
hältst du davon, wenn wir von hier weggehen. Wir kaufen uns ein

schönes Haus, mit einem grossen Garten und Blick aufs Wasser.
Was meinst du?»

Emily sah ihn mit grossen Augen an. «Du willst weg von hier?
Wohin denn?», sagte sie in einem etwas trotzigen Tonfall.

«Norwegen. Ganz in den Norden. Weisst du noch unsere Ferien in Norwegen, in dem kleinen Holzhaus am See?»

Emily erinnerte sich. Sie hatte die Ferien in Norwegen immer genossen. Aber das waren schliesslich Ferien gewesen. Dort leben wäre eine komplett andere Geschichte. Hier hatte sie ihre gewohnte Umgebung, Freunde, ihr Zuhause. Und noch viel wichtiger - die Erinnerungen an ihre Mutter. Aber sie wusste auch, dass es um genau diese Erinnerungen ging, denen ihr Vater entfliehen wollte. Er hatte ihr in den letzten Monaten schon oft gesagt, dass Erinnerungen zwar schön sind, aber sie können einen gerade so gut auch ins Elend stürzen. Er litt genau so wie sie. Hinzu kam, dass er seine Heimat vermisste. Sie hatte des Öfteren Diskussionen über selbiges Thema zwischen ihm und Mutter mitbekommen.

Trotz allem fühlte sie, dass sie nicht einfach von hier wegziehen konnte.

Ihr Vater blickte sie aus seinen kastanienbraunen Augen an. «Ich weiss, dass du unter dem Verlust sehr zu kämpfen hast. Das habe ich auch. Und ich verstehe dich sehr gut, dass du dich zurückgezogen hast. Das ist nur natürlich. Aber ich weiss auch, dass es dich auf Dauer auffrisst. Wir müssen in unserem Leben etwas ändern. Wir haben beide einen schweren Schicksalsschlag erlitten, umso wichtiger ist es jetzt, dass wir zusammenhalten. Dass wir zusammen weitergehen. Ich weiss aus eigener Erfahrung, dass die Erinnerungen uns hier zermürben. Jeder noch so kleine Gegenstand erinnert uns an Mama.» Er machte eine kleine Pause. «Vielleicht wäre es um unser beider Willen am besten, wenn wir woanders ein neues Leben beginnen.»

Emily zuckte mit den Achseln und schaute vor sich hin. Ihr Vater gab ihr einen Kuss auf die Stirn, stand auf und blieb in der Tür stehen. «Ich müsste dort nicht so viel arbeiten und hätte mehr Zeit für dich. Und das beste am Ganzen, Grossmutter wäre in der Nähe und du könntest sie so oft sehen wie du willst.» Er blickte sie eine Weile an und seufzte dann leise. «Ich möchte dir keinen Druck aufsetzen. Lass es dir durch den Kopf gehen, und wenn du bereit bist, reden wir wieder darüber, ok?»

Emily nickte und drehte sich auf die andere Seite. Ihr Vater zog die Tür zu und Emily blieb allein mit ihren Gedanken zurück.

Was sollte sie denn am Ende der Welt? Wahrscheinlich gab es da nicht mal ein Kino oder ein Einkaufszentrum. Geschweige denn ihre Freunde. Allerdings musste sie sich auch eingestehen, dass ihre eigenen vier Wände zu ihren Freunden geworden sind. Sie war abhängig geworden von den Erinnerungen an ihre Mutter. Sie verkroch sich in ihren Abenteuerbüchern und stellte sich vor, sie wäre jetzt mit Tom Sawyer auf Erkundungstour oder erforschte geheimnisvolle Häuser mit den drei Fragezeichen. Da fühlte sie sich wohl, behütet und beschützt.

Lange vier Wochen hatte sie tagtäglich mit den Gedanken an einen Wegzug gerungen. Ihr Vater hatte sie nur sehr selten darauf angesprochen und gab ihr die Zeit, die sie brauchte.

Dann, an einem regnerischen Septembertag passierte es, dass sie auf dem Friedhof von einer alten Dame mit Spazierstock angesprochen wurde. Sie trug ein langes Kleid mit rotem Blumenmuster und sie hatte wallendes, schneeweisses Haar. Sie fand es seltsam eine so alte Dame mit langen Haaren zu sehen.

«Hallo!», sagte die Frau mit einer Stimme, der man ein langes Leben anhören konnte. «Dich sehe ich hier aber oft. Wen besuchst du denn?»

Emily hatte eigentlich keine Lust mit jemandem zu reden. Doch die alte Dame versprühte eine merkwürdige Anziehungskraft.

«Ich besuche meine Mutter», antwortete Emily.

«Ah», sagte die Frau nur.

Emily wartete ob sie noch etwas sagen wollte, doch die Dame blickte nur gedankenverloren auf die vielen Grabsteine.

«Wen besuchen *sie* denn?», fragte Emily schliesslich.

«Meine Familie. Mein Sohn starb als er noch ein Kind war.»

In diesem Moment schien sich ihr Gesicht zu verändern. Auf der Stirn bildeten sich noch mehr Falten und die Augen wurden klein und waren nun fast verschlossen. Emily wusste nicht, was sie sagen sollte. Obwohl der Tod ihres Sohnes schon Jahrzehnte her sein musste, schien sie die Traurigkeit von damals immer noch mit sich herumzutragen.

Dann öffnete die Frau ihre Augen wieder und erst jetzt bemerkte Emily wie klar diese waren. Sie passten irgendwie nicht zu ihrem greisen Aussehen.

«Fühlst du dich nach dem Besuch hier auf dem Friedhof besser?»

Emily wusste im ersten Moment nicht, was sie antworten sollte.

Darüber hatte sie noch gar nie nachgedacht. Jetzt wo sie aber darauf angesprochen wurde, wusste sie, dass sie die Frage der alten Frau nicht mit Ja beantworten konnte.

«Eigentlich nicht», sagte Emily und blickte zu Boden.

«Dann geht es dir genau gleich wie mir.»

Beide schwiegen für einen kurzen Moment.

«Warum kommen sie dann her?», fragte Emily schliesslich.

«Wohl aus demselben Grund wie du nehme ich an. Und ich habe sonst niemanden mehr. Der Besuch hier bei meiner Familie ist das einzige, was ich noch habe.»

«Haben sie keine anderen Kinder?»

«Nein. Nach Oskars Tod wollten mein Mann und ich keine Kinder mehr. Damals war die Welt noch anders als heute. Wir hatten kaum Geld und der Verlust unseres einzigen Kindes hat uns für eine lange Zeit in ein dunkles Loch geworfen. Mein Mann, Konrad, zog sich sehr zurück. Eine Zeitlang war er nur noch ein Schatten seiner selbst. Es war unglaublich schwierig für uns. Aber das ist es wohl für alle Eltern, die ein Kind zu Grabe tragen müssen.

Als wir uns schliesslich wieder etwas erholt hatten, waren wir zu alt, um neues Leben zu schenken. Wir hatten uns mit dem Verlust abgefunden. Jedenfalls äusserlich. Innerlich litten wir genau so wie am Tag als wir ihn verloren hatten. Trauer ist wie das Meer. Es kommt in Wellen, mal sanft, dann wieder stürmisch. Jeden Tag blickt man an den Horizont und hofft, dass kein dunkler Sturm aufzieht. Und wenn doch, zieht man sich zurück und wartet auf die Sonne, die sich manchmal erst nach Tagen wieder sehen lässt.»

Emily musste schwer schlucken. Die Art wie die Frau sprach,

drückte ihr auf das sowieso bereits angeschlagene Gemüt.

Die alte Frau sah ihr in die Augen und begann zu lächeln. «Ich bin sicher, bei dir zu Hause wartet jemand auf dich?»

«Mein Papa.»

«Wie geht es *ihm* denn?»

«Er arbeitet sehr viel. Ich glaube er versucht sich von den dunklen Gedanken abzulenken. Vor ein paar Wochen tauchte er mit der Idee auf, in seine Heimat Norwegen auszuwandern.»

Die alte Frau schien kurz nachzudenken.

«Und diese Idee scheinst du nicht besonders lieb gewonnen zu haben, wenn ich das aus deiner Stimme richtig herausgehört habe?»

«Das könnte man so sagen ja.»

«Was gefällt dir denn nicht daran?»

«Es gibt so viele Dinge, die ich hier vermissen würde. Mein Haus, mein Zimmer, meine Freunde. Aber am schlimmsten wären die Erinnerungen an Mutter, die ich hier zurücklassen müsste.»

«Wie ist denn dein Name Kleines?»

«Emily»

«Ein wunderschöner Name. Ich möchte, dass du kurz die Augen schliesst Emily.»

Die alte Frau berührte Emilys Unterarm und nach kurzem Zögern schloss Emily die Augen.

Die alte Frau atmete tief ein.

«Geh in Gedanken in deinen Garten. Stell dir vor, du bist wieder sechs Jahre alt. Kannst du es sehen?»

Die Stimme der alten Frau klang mit geschlossenen Augen so warm und sanft, dass Emily ihr noch stundenlang hätte zuhören können.

«Ja. Ich sehe es.»

«Was siehst du denn alles?»

«Ich sehe Mama wie sie mit mir Ball spielt. Ich sehe Papa wie er den Gartenzaun repariert.»

«Wo warst du denn mit Mama am liebsten?»

«Im Sommer sassen wir oft abends unter einem Apfelbaum am Ende des Gartens. Mama las mir da immer aus einem Buch vor.»

Einen kurzen Moment war Stille.

«Nun öffne wieder deine Augen.»

Emily tat wie ihr geheissen.

«Wie hast du dich soeben gefühlt, als du in Gedanken bei ihr warst?»

Emily suchte in ihrem Innern nach der Antwort. Doch die alte Frau schien sie schneller zu finden.

«Du hast gelächelt, als du mir deine Erinnerung erzählt hast. Diese Erinnerungen kann dir niemand stehlen. Sie sind hier drinnen.» Die Frau tippte mit dem Zeigefinger auf Emilys Herz.

«Diesen Garten in deinen Gedanken kannst du überall hin mitnehmen. Deine Mama wird dir folgen. Egal wo du auf dieser Welt bist, du wirst sie immer in deinem Herz tragen. Und wenn du die Augen schliesst, wird sie bei dir sein.»

Mit diesen Worten drehte sich die Frau um und stöckelte mit ihrem Gehstock über den Kiesweg zurück auf die Strasse. Emily blickte ihr nach, unfähig etwas zu sagen oder sich zu bewegen. Die Erscheinung der alten Frau war wie ein Traum gewesen. Sie fühlte sich plötzlich unendlich müde und sie hatte das Gefühl, als würde die Erdanziehungskraft doppelt auf sie wirken. Der Regen setzte wieder ein, heftiger als zuvor und verschluckte die Erscheinung der Frau hinter einem Vorhang aus Wasser.

Noch am selben Abend verkündete Emily ihrem Vater, dass sie mit ihm nach Norwegen mitkommen möchte.

Nun sass sie neben ihrem Vater und blickte aus dem Fenster. Ein paar Häuser tauchten auf. Sie gefielen ihr auf Anhieb. In fast jedem Fenster hing eine Lampe. Vorhänge gab es so gut wie in keinem der Häuser. Dafür sah man Unmengen von Pflanzen und anderen Dekorationsgegenständen. Es sah alles so behaglich aus und sie hätte am liebsten an jeder Tür geklingelt, um einen Blick in die warme Stube werfen zu können.

«Warum haben hier alle ihre Fenster beleuchtet?»

«Das gehört hier zur Tradition», erklärte ihr Vater ohne den Blick von der Strasse zu wenden. «Früher, als die Männer auf dem Fjord zum Fischen waren, wollten sie bei der Rückkehr Licht im Haus sehen, so wussten sie immer wo ihr Zuhause war.»

Emily liess sich diese Antwort kurz durch den Kopf gehen und meinte dann: «Dann sind das alles Fischer?»

Ihr Vater lachte. «Nein nein, heutzutage nicht mehr. Die Menschen lassen das Licht vor allem während der Polarnacht an. Es ist für sie wie ein Ersatz für das fehlende Sonnenlicht.»

«Sieht schön aus», urteilte Emily und blickte wieder aus dem Fenster.

«Wir sind bald da, dann siehst du unser neues Zuhause. Es wird dir gefallen.»

Emily nickte und gähnte laut.

«Geht es dir gut Kleines?», fragte er, ohne den Blick von der Strasse zu wenden.

Emily antwortete mit einem knappen Ja. Doch ihr Vater kannte sie zu gut. Er wusste, dass er im einen Moment mit ihr lustig sein konnte, und im nächsten war sie völlig in sich gekehrt und schloss ihn aus. In diesen Momenten hatte er anfangs versucht, ihr gut zuzureden, sie zum Reden zu motivieren. Doch dadurch hatte sie ihn nur noch mehr ausgeschlossen. Mit der Zeit hatte er gelernt, dass sie von sich aus selbst wieder aus den düsteren Gedanken hervorkam und ihn an sich heranliess.

Er tätschelte ihren Oberschenkel und hoffte, dass sie bald am Ziel ihrer Reise ankamen.

Die Strasse begann zu steigen und wurde kurvenreicher. Nach ungefähr zehn Minuten schienen sie den höchsten Punkt des Berges erreicht zu haben und die Strasse schlängelte sich ins Tal hinab. Am Ende der Strasse sah Emily das dunkle Meer. Kleine Schaumkronen tanzten über die Oberfläche und die dahinterliegenden, weissen Berge hoben sich majestätisch von der dunklen Fläche ab.

Als sie den Talboden erreicht hatten, steuerte ihr Vater den Wagen von der Strasse in eine tief verschneite Einfahrt. Nur mit Mühe kamen sie voran und an einer Stelle mussten sie sogar zurücksetzen, um mit Schwung durch den Schnee zu kommen. Zwei Häuser tauchten vor ihnen auf. Sie hielten vor dem Linken an. Ein blaues Auto stand vor der Garage.

«Wir sind da», sagte er und stellte den Motor ab.

Emily öffnete die Beifahrertür und stieg langsam aus, den Blick immer aufs Haus gerichtet. Die Holzfassade des Hauses war rot wie Blut und die weissen Fensterrahmen bildeten einen schönen Kontrast. Die Vorderfront des Hauses war unterbrochen durch eine überdachte Veranda. Mit dem ganzen Schnee sah es aus, als wäre man in einem Wintermärchen.

«Gefällt es dir?», fragte ihr Vater und kam zu ihr rüber.

Emily antwortete nicht. Mit gemächlichen Schritten ging sie Richtung Haus und blieb vor der Veranda stehen. Fasziniert blickte sie das Haus von unten bis oben an. Es sah so einladend aus wie ein Lebkuchenhaus. Aus der Ferne drang das Geräusch von Wellen an ihr Ohr, aber sonst war es hier so still, dass Emily ihr pochendes Herz hören konnte.

Die Eingangstür flog auf und holte sie unsanft aus ihrer Lethargie heraus.

«Hallo ihr Beiden, willkommen in Skarsfjord!»

Eine Frau in einem schlammgrünen Anzug und einem überfreundlichen Lächeln, kam mit ausgestreckter Hand die Stufen der Veranda herunter und gab Emilys Vater die Hand.

«Guten Tag Edda, wie geht es dir?»

«Hervorragend und euch?»

«Ein bisschen müde sonst aber gut.»

«Und du musst Emily sein.»

«Guten Tag», sagte Emily und streckte ihr schüchtern die Hand entgegen.

«Dir muss kalt sein. Komm rein, ich habe soeben Teewasser aufgesetzt», sagte Edda und drehte sich um. Emily bemerkte bei Edda einen Dialekt, der ihr nicht vertraut war.

Edda ging voraus und hielt ihnen die Haustür auf. Bevor Emily zaghaft über die Schwelle trat, warf sie einen kurzen Blick auf das Nachbarhaus. Sie stutzte. Stand da jemand am Fenster? Es war zu dunkel, um es richtig erkennen zu können.

Ihr Vater schupste sie an.

«Komm geh weiter. Wir können hier nicht stehenbleiben.»

Emily löste den Blick vom Nachbarhaus und trat ein.

Vor ihr tat sich ein Flur auf. Beidseits spendeten Wandleuchten ein warmes Licht. Auf dem hölzernen Fussboden lag ein dicker, grauer Teppich. Auf der linken Seite führte eine Treppe mit weissem Geländer in den oberen Stock.

Edda schob sich an Emily vorbei und deutete ihr an, mitzukommen. Sie betraten die Küche. Sie war so weiss wie der Schnee draussen und ein Duft von Vanille hing im Raum. Ein Teekessel dampfte auf einer Anrichte und drei Tassen standen bereit.

«Hattet ihr eine gute Reise?», fragte Edda, nachdem sie allen Tee eingeschenkt hatte.

«Ja, lief alles gut, danke. Dauert halt bis man am Ziel ist. Obwohl der Flug selbst ja nicht lange ist, aber mit den ganzen Flughafenzeiten heutzutage dauert die Reise gleich doppelt so lange. Dann mussten wir noch ein Auto mieten. Die Fahrt hierher aber entschädigt einem dann für die ganzen Strapazen. Aber jetzt sind wir ja hier, das ist die Hauptsache. Nicht wahr Emily?» Emily nickte müde. Ihr Vater zwickte ihr sanft in die Schulter und schaute sich in der Küche um.

«Hat alles gut geklappt mit der Renovation wie ich sehe!»

Edda stellte die Tasse ab: «Ja, wir wurden rechtzeitig fertig, wie du siehst. Verzögerungen gibt es zwar immer, aber wir konnten sie auf ein Minimum reduzieren. Wann erhaltet ihr die Möbel?»

«Die sollten eigentlich in zwei Tagen eintreffen. Zu Hause lebten wir nur noch aus den Kartons. Ich bin froh, wenn wir endlich wieder ein normales Zuhause haben. Auch für Emily ist es besser.»

Edda schaute Emily an und seufzte leise. «Ich habe euch eine grosse Matratze besorgt, da könnt ihr dann bis morgen schlafen.»

Emily hatte keine Lust noch länger hier zu stehen. Sie wollte ihr neues Daheim auskundschaften. Sie stellte die Tasse ab und stahl sich langsam davon, während ihr Vater und Edda über Zahlungen und Ähnliches diskutierten. Sie verliess die Küche und gelangte ins Wohnzimmer. An der linken Wand stand ein Kamin. Jemand hatte bereits Holzscheite aufgehäuft. Der Raum hatte drei grosse Sprossenfenster, doch Licht drang schon keines mehr nach drinnen. Es war dunkel geworden, und sie konnte nur noch den Schatten eines Berggipfels ausmachen. Der Raum wirkte zwar durch das Licht der Lampen warm, doch ohne Möbel bot er einen traurigen Anblick. Seit mehr als drei Wochen wohnte sie jetzt ohne Möbel. Sie wollte endlich wieder auf einem gemütlichen Sofa fernsehen oder einfach nur ein Buch lesen.

Sie seufzte leise und durchquerte den Raum. Sie gelangte wieder auf den Flur und stieg langsam die Treppe hinauf. Auf der obersten Stufe blieb sie stehen und sah sich um. Drei Zimmer gingen vom Flur aus. Rechterhand schien das Bad zu sein. Alle Zimmer waren leer bis auf jenes in der Mitte. Eine grosse Matratze mit Wolldecken lag mitten im Raum.

Dann betrat sie das Zimmer zu ihrer Linken. Am Fenster blieb sie stehen und blickte hinaus. Das Deckenlicht reflektierte im Glas, und sie konnte nur ihr Spiegelbild sehen. Sie drehte das Licht aus und schaute dann in die Nacht hinaus. Die Aussicht war magisch. Über einem der Berggipfel hing der Mond und erhellte die verschneite Umgebung. Ein Windstoss pfiff um die Häuserecke, und sie konnte die weissen Schaumkronen auf den Wellen des Meeres sehen. Zu beiden Seiten des Fjords ragten die Berge wie Zähne in die Höhe. An den Ufern konnte man nur wenige Lichter sehen. Es war ein unbehaglicher Anblick. Als wäre man alleine auf einem fremden Planeten. Sie hatte ein flaues Gefühl im Magen.

Sie dachte an ihre Mutter. Jetzt war sie meilenweit von ihrem Grab weg. So viel hatte sie ihr am Grab immer anvertraut. Wie es in der Schule lief, wie das Leben mit Papa war, oder einfach nur, dass sie sie unendlich vermisste. Nie erhielt sie eine Antwort, doch das Reden half ihr und gab ihr das Gefühl, dass sie wusste, wie es ihr ging. Diese Gespräche konnte sie nun nicht mehr führen. Langsam schloss sie ihre Augen und rief ihren alten Garten in Erinnerung. Sie sah ihre Mama unter der Laube in der Sonne sitzen. Sie versuchte dieses Bild ins Gehirn zu brennen, ängstlich, dass sie es sonst verlieren würde.

Dann öffnete sie wieder die Augen und blickte nach draussen. Der Strand schien nicht weit vom Haus entfernt zu sein. Sie konnte einen Steg ausmachen. Ein kleines Boot war mit einem Seil mit dem Steg verbunden und schaukelte im Rhythmus der Wellen auf und ab. Emily wandte sich vom Fenster ab und verliess das Zimmer. Sie musste dringend mal aufs Klo. Sie durchquerte den Flur und betrat das Badezimmer. Nachdem sie sich gesetzt hatte, blickte sie aus dem Fenster. Unweit ihres Hauses befand sich das andere Haus. Im Gegensatz zu dem ihrigen, war es jedoch dunkel und sah heruntergekommen aus. Überall blätterte Farbe ab, ein Fenster war eingeschlagen und die Brüstung auf der Veranda war komplett zerstört. Das Haus gab ein trauriges Bild ab. Es hätte prima in einen Gruselfilm gepasst. Gänsehaut lief Emily den Rücken runter. Sie suchte nach dem Fenster, in welchem sie vorhin jemand hatte stehen sehen. Oder zumindest geglaubt hatte. Jetzt war niemand mehr zu sehen. Schwer zu glauben, dass da noch jemand wohnte.

Nachdem sie auch noch das letzte Zimmer inspiziert hatte, machte sie sich wieder auf den Weg nach unten und traf dort auf ihren Vater, der mit Edda vor der offenen Eingangstür stand.

«Na Kleines, hast du dir ein Zimmer ausgesucht?», fragte ihr Vater.

«Ich denke schon, ich nehme das gleich oben an der Treppe links», erwiderte Emily.

«Sehr schön.» Ihr Vater drehte sich zu Edda um und begleitete sie nach draussen. Emily folgte ihnen und zupfte ihrem Vater am Pullover. «Weisst du wem dieses Haus da gehört?» Emily zeigte auf das Nachbarhaus.

Edda kam mit der Antwort zuvor. «Das Haus steht seit zirka neunzehn Jahren leer. Zuletzt hatte da eine Familie mit einem kleinen Mädchen gewohnt.»

Emily stutzte.

«Aber ich habe da vorhin jemand am Fenster stehen sehen.» Edda runzelte die Stirn.

«Das kann nicht sein. Da lebt niemand mehr. Alles komplett heruntergekommen.»

Emily begann sich zu fragen, ob die Dunkelheit ihr einen Streich gespielt hatte. Aber sie hätte schwören können, dass da jemand war.

«Warum ist es denn immer noch leer?», wollte sie wissen.

«Bis jetzt hat sich niemand dafür interessiert. Man müsste aber auch ziemlich viel Geld da reinstecken.» Sie zuckte mit den Achseln und damit war wohl für sie das Thema erledigt.

«So Gunnar, ich mach mich auf den Weg zurück nach Tromsø. Lass mich wissen, falls etwas nicht in Ordnung sein sollte. Und schlaft gut in eurem neuen Heim.»

Emilys Vater gab Edda die Hand und verabschiedete sich.

«Komm Kleines, schleppen wir die Einkaufstüten ins Haus und machen uns was zu Essen. Übermorgen sollten dann die Möbel eintreffen, dann können wir uns häuslich einrichten.»

Emily trottete hinter ihrem Vater her, klaubte sich zwei Einkaufstüten und begab sich ins Haus.

~

Das blonde Mädchen stand unter dem Fenster ihres Nachbarhauses und beobachtete das neuangekommene Mädchen, wie sie in die Dunkelheit starrte. Sie sah den leeren Blick, der sich in der Ferne verlor. Sie kannte diesen Blick nur zu gut. Man hatte Angst zu blinzeln, denn tat man es trotzdem, waren die Gedanken und Bilder weg, fortgeblasen wie Nebel, und man befindet sich in der Gegenwart wieder. Die Hoffnung, dass man durch die Starre eine Antwort erhielt, verflog im Moment des Blinzelns. Die Welt hatte sich nicht verändert, man befand sich da wo man sich schon vor ein paar Sekunden befunden hatte.

Sie sah den Augen des Mädchens an, dass sie etwas bedrückte. Trug sie wohl ein ähnliches Schicksal wie sie selbst? Sie würde es bald herausfinden.

Erinnerungen

Als Emily am nächsten Morgen erwachte, wusste sie zuerst gar nicht wo sie sich befand. Sie lag allein auf einer Matratze in einem leeren Zimmer. Durch die Zimmertür fiel ein kleiner Lichtkegel und von irgendwo her ertönte leise Musik. Langsam kamen die Erinnerungen zurück, wie ein Puzzlespiel das langsam zusammengefügt wird. Sie schlug die Wolldecke zurück und ging nach unten. Ihr Vater stand in der Küche und machte sich gerade einen Kaffee.

«Guten Morgen Schlafmütze! Auch schon wach?»

«Wie spät ist es denn?», fragte Emily und gähnte laut.

«Es ist schon zehn Uhr. Und ich habe gute Neuigkeiten. Die Speditionsfirma hat mich soeben angerufen. Unsere Möbel treffen morgen früh hier ein. Zum Glück hat uns Edda einige Dinge schon besorgt, sonst könnten wir nicht mal Kaffee machen.»

Emily blickte mit halbgeschlossenen Augen durchs Fenster nach draussen. «Es ist ja noch fast dunkel», stellte sie erschrocken fest.

«Daran wirst du dich gewöhnen. Ist ja nur während knapp zwei Monaten so. Komm, ich habe dir heissen Kakao gemacht. Brot kommt gleich.»

Emily trat ans Fenster, trank leise schlürfend ihren Kakao und starrte auf das im Dunkeln liegende Nachbarhaus. Im hellen Schnee wirkte es bedrohlich und alles andere als einladend. Trotzdem strahlte es auf sie eine gewisse Anziehungskraft aus. Sie fühlte sich wie in einem ihrer Bücher. Alte, verwunschene Häuser erkunden, das hatte sie schon immer tun wollen. In der Schweiz gab es so gut wie keine derartigen Häuser. Dies Haus hier wäre *die* Gelegenheit, um ein kleines Abenteuer zu erleben. Doch würde sie sich bei dieser Dunkelheit getrauen, allein durch ein heruntergekommenes Haus zu streifen? Wohl eher nicht. In den Geschichten klang das immer so einfach. Jetzt wo sie selbst die Möglichkeit hätte, verlor das Abenteuer ihren Glanz. Sie liess den Gedanken fallen und trank ihren Kakao aus. Danach stellte sie die Tasse in die Spüle und verliess mit einem Stück Brot zwischen den Zähnen die Küche.

«Hey, wo willst du denn so schnell hin?», rief ihr Vater hinterher.

«Ich zieh mich um und will die Umgebung erkunden!», rief sie zurück. Da kein Einwand aus der Küche kam, stieg sie die Treppe hoch und suchte sich aus ihrem Koffer einen warmen Pullover, Jeans und die erst vor kurzem gekaufte Daunenjacke heraus. Fünf Minuten später trat sie mit einer Taschenlampe bewaffnet vor die Haustür. Eisiger Wind bliess ihr ins Gesicht und sie kniff die Augen zusammen. Im Nullkommanichts war sie hellwach. Der Himmel hatte inzwischen eine bläuliche Farbe angenommen und es roch nach baldigem Schneefall. Sie trat an den Rand der Veranda und schielte zum Nachbarhaus hinüber. Wie unheimlich, dachte sie. Sie wandte ihren Blick vom Haus ab und entfernte sich in Richtung Meer. Der Schnee kam ihr bis zu den Knien und sie hatte Mühe vorwärts zu kommen. Der Strand kam in Sicht und sie blieb kurz stehen. In der Mitte der Bucht ragte ein kleiner Felsen empor. Sie stapfte weiter und erreichte schliesslich die Bucht und blieb am Felsen stehen. Auf Hüfthöhe hatte es eine schmale Plattform und sie stieg hinauf. Oben war der Felsen flach. Sie hievte sich hoch, setzte sich an den Rand und liess die Beine über den Felsen baumeln. Sie nahm einen tiefen Atemzug und schloss die Augen.

Unter sich konnte sie die sanften Wellen hören. Die Luft hatte nicht den typischen Meeresgeruch nach Algen und feuchtem Sand. Es roch eher frisch, so als würde die Luft von dem Schnee und Eis gereinigt werden. Bei jedem Atemzug hatte sie das Gefühl, als bekäme sie hier mehr Sauerstoff ab als Zuhause. Über ihr kreischten Vögel, der Wind liess ihre Haare fliegen. Auf einmal fühlte sie sich sehr alleine. Diese Geräuschkulisse war für sie etwas vollkommen Neues. Ein beklemmendes Gefühl kam in ihr auf, aber gleichzeitig spürte sie auch eine Ruhe in sich, eine Ruhe, wie sie sie schon seit langem nicht mehr gespürt hatte. In diesem Augenblick sehnte sie sich wieder so sehr nach ihrer Mutter. Sie hatte gehofft, dass die Entfernung ihren schmerzenden Erinnerungen Linderung verschaffte. Jetzt wo sie hier sass und mit den Tränen kämpfte, wusste sie, dass dies nicht so einfach werden würde. Wieder nahm sie einen tiefen Atemzug und liess die Luft langsam aus ihren Lungen entweichen.

Ein Motorengeräusch holte sie aus den düsteren Gedanken heraus. Sie drehte sich um und sah, dass ein roter Pickup vor ihrem Haus stand. Wer konnte das sein? Sie kletterte vom Felsen hinunter und folgte den Spuren zurück zum Haus. Auf halbem Weg blickte sie nochmals zurück und blieb verwundert stehen. Ein Mädchen in weissen Kleidern stand da wo sie eben noch vom Felsen hinuntergeklettert war. Es blickte aufs Meer hinaus. Die langen, blonden Haare wehten im Wind. Wie konnte sie sie vorhin übersehen haben? Emily blieb stehen und beobachtete das Mädchen

31

aus der Ferne. Scheinbar hat es hier doch mehr Leute als sie dachte. Das Mädchen setzte sich auf einmal in Bewegung und verschwand hinter einem Hügel.

Emily hörte Gelächter aus ihrem Haus. Durch das Wohnzimmerfenster konnte sie ihren Vater sehen, der sich mit einem älteren Herrn und einem jungen Mädchen unterhielt. Das Mädchen hatte schulterlange, blondbraune Haare und trug eine gelbe Daunenjacke. Sie schien dem Gespräch der Männer zu lauschen, sie selbst sagte jedoch nichts.

Emily trat an die Tür, streifte sich die Schuhe ab und trat ein.

«Ah Emily, da bist du ja! Das ist Loar, unser Nachbar und seine Enkelin Tarja.»

Emily schüttelte Loar die Hand und war erstaunt, wie kalt und rau sie sich anfühlte. Der Händedruck glich einem Schraubstock und sie spannte ihre Muskeln an. Loars kantiges Gesicht war mit Bartstoppeln übersät, die rechte Augenbraue war durch eine kleine Narbe unterbrochen, und die Lippen hatten überall Risse. Sie hätte nicht sagen können wie alt er war, aber sicher über siebzig. Seine grauen Haare waren nur noch spärlich vorhanden. Seine Augen hingegen wirkten jung und lebendig. Er trug eine grasgrüne Daunenjacke und blaue Jeans. Er hatte ein grossväterliches Lächeln auf den Lippen, und die Falten in seinen Augenwinkeln liessen ihn sympathisch wirken.

Emily befreite sich aus dem schmerzenden Händedruck und begrüsste Tarja, welche wohl in etwa so alt war wie sie.

«Loar wohnt etwa fünfhundert Meter weiter dem Fjord entlang», erklärte ihr Vater.

«Genau. Seit fast fünfzig Jahren wohne ich nun schon da. Du musst mich mal besuchen kommen. Tarja übernachtet oft in meinem Haus. Ihr könntet mal was zusammen unternehmen.»

«Das ist eine prima Idee», sagte Tarja und zwinkerte Emily zu. «Ich kann dir hier eine Menge Dinge zeigen.»

Emily bezweifelte das, nickte aber freundlich.

«Nimmst du einen Kaffee Loar?», fragte Emilys Vater und nahm ihm die Jacke ab.

«Da sag ich nicht nein.»

«Sehr schön. Wir haben leider noch keine Möbel. Willst du in die Küche mitkommen? Emily, warum zeigst du Tarja nicht dein Zimmer?» Es klang mehr wie ein Befehl als eine Frage. Also führte Emily Tarja in den oberen Stock.

«Und wie gefällt es dir hier bis jetzt Emily?», fragte Tarja als sie das Zimmer betraten.

«Ich weiss noch nicht so recht. Die Dunkelheit und die Abgeschiedenheit finde ich schon etwas unheimlich.»

Tarja nickte leicht mit dem Kopf. «Daran wirst du dich gewöhnen. Meine Tante ist vor vier Jahren hier in den Norden gezogen. Sie hatte ihr Leben lang in Bergen gewohnt. Das ist im Süden. Da gibt es keine Polarnacht. Im ersten Winter kriegte sie fast eine Depression. Doch schon im zweiten Winter hätten sie keine zehn Pferde mehr in den Süden gebracht. Du wirst sehen, dass das Leben trotz der Abgeschiedenheit hier viel zu bieten hat. Unsere Gegend ist sehr geheimnisvoll. Es mag für dich jetzt trostlos wirken, aber schon bald wirst du von dem magischen Licht hier begeistert sein. Man kann hier so viel in der Natur unternehmen. Ich nehme dich mal mit zum

Langlauf. Kannst du langlaufen?»

Emily schüttelte den Kopf.

«Kein Problem. Ich zeig es dir. Du kannst eine Ausrüstung von mir haben. Ich habe zwei.»

«Wohnst du auch hier im Tal?», wollte Emily wissen.

«Nein, ich wohne in Tromsø. Aber das ist ja nicht weit. Ich werde dir meine Telefonnummer aufschreiben, dann kannst du mich anrufen, wenn du Gesellschaft brauchst.»

«Das ist sehr nett von dir, vielen Dank.»

«Meinen Grossvater wirst du auch mögen. Er ist der Beste. Ich verbringe viel Zeit bei ihm. Meistens nimmt er mich auf Wanderungen mit. Dabei zeigt er mir so vieles was es über die Natur zu wissen gibt. Er weiss einfach alles. Manchmal bauen wir ein Iglu und übernachten darin. Ist das nicht aufregend? Hast du auch Grosseltern?»

«Nur noch eine Grossmutter. Sie wohnt in Hammerfest. Da wuchs auch mein Papa auf. Sie wird uns wohl bald besuchen.»

«Die kennt sicher auch tolle Geschichten. So wie mein Grossvater.»

«Was für Geschichten denn?»

«Kindheitsgeschichten. Die finde ich am spannendsten. Willst du eine hören?»

Emily nickte und Tarja schien entzückt zu sein, dass ihr jemand zuhörte.

«Diese Geschichte hat er mir erst vor ein paar Wochen erzählt. Ich krieg jetzt noch Gänsehaut davon.»

Tarja nahm Emily bei der Hand und führte sie ans Fenster.

«Als mein Grossvater noch ein kleiner Junge war, nahm ihn sein Vater mit auf die Jagd. Sie marschierten also dem Fjord entlang auf der Suche nach Schneehühnern. Sie waren noch nicht allzu lange unterwegs, als sie von einem Schneesturm überrascht wurden. Der Wind zerrte an seinem Körper und raubte ihm fast den Atem. Sein Vater versuchte ihn vor dem Wind zu schützen und schleppte ihn hinter einen grossen Felsen. Dort kauerten sie für eine lange Zeit und hofften, dass der Sturm schnell vorüberzieht. Rings um sie herum war alles in Weiss getaucht, man konnte den Himmel nicht vom Boden unterscheiden. Er hatte eine Heidenangst. Auf einmal bemerkte er eine Bewegung. Nur schemenhaft auf dem weissen Hintergrund. Er konnte jedoch nicht erkennen was es war. Er fragte seinen Vater, ob er es auch gesehen hatte. Doch er hatte nichts bemerkt und sagte, dass es wahrscheinlich ein Fuchs gewesen sei. Aber mein Opa war sich sicher, dass er nicht ein Tier gesehen hatte. Also suchte er angestrengt weiter. Und dann sah er es wieder. Er sah eine Gestalt, die sich deutlich vom Hintergrund abhob. Er war sich sicher, dass es sich um einen Menschen handelte. Langsam kam die Erscheinung näher, bis er schliesslich einen Jungen erkennen konnte. Ohne Mühe schien er gegen den Sturm anzukommen, er ging mit solcher Leichtigkeit, als würde er am Strand spazieren gehen. Dann kam eine weitere Böe, wirbelte Schnee auf, und im nächsten Moment war der Junge verschwunden. Und er tauchte auch nicht mehr auf.»

Tarja blickte Emily erwartungsvoll an. Diese wusste gerade nicht, was sie denken sollte. Klang wie ein Schauermärchen das Pfadfinder sich am Lagerfeuer erzählten. Sie wollte jedoch Tarja nicht enttäuschen und fragte: «Wusste dein Opa, wer dieser Junge war?»

«Die Geschichte ist die. Einige Wochen zuvor verschwand ein Junge aus dem Tal in einem Schneesturm. Er wurde nie wiedergesehen.»

«Und dein Opa glaubt, dass es dieser Junge war?»

«Er ist sich sicher, ja.»

«Merkwürdige Geschichte. Irgendwie unheimlich, wenn man bedenkt, dass wir hier so abgelegen leben.»

«Ach mach dir keine Sorgen. Und bei Opa weiss man nie, ob er sich da noch was dazu gedichtet hat.»

Emily wollte gerade etwas erwidern, als ihr Vater nach ihr rief. Mit Tarja im Schlepptau begab sie sich nach unten und traf dort auf Loar und ihren Vater. Loar hatte bereits wieder die Jacke an.

«So Tarja, ich muss dich zurückbringen. Du hast morgen Schule und bestimmt noch Hausaufgaben.»

Tarja stöhnte und verdrehte die Augen. «Ich würde aber lieber hierbleiben.»

«Ja das kann ich mir vorstellen, aber deine Mutter hätte mir schön was zu sagen, wenn ich dich erst spät abends nach Hause brächte.»

Tarja drehte sich zu Emily um. «Also, wenn du was machen willst, ruf mich an.»

Emily nickte lächelnd und Loar fügte hinzu: «Komm mich doch mal besuchen. Ich erzähl dir dann von unserer Gegend hier.»

«Das tut sie sicherlich gerne», sagte ihr Vater und legte den Arm um Emilys Schulter.

Loar und Tarja verabschiedeten sich und verschwanden in der Dunkelheit der Polarnacht.

Unruhe

Emily hatte eine unruhige Nacht hinter sich. Immer wieder war sie
erwacht, hatte auf die Uhr des Weckers geschaut und bemerkte, dass
es nur eine Stunde her gewesen war, seit sie zum letzten Mal darauf
die Zeit abgelesen hatte. Sie hatte wirre Träume von Gestalten im
Schnee, dunklen Wäldern und meterhohen Wellen.
Sie blickte nach draussen. Es war immer noch dunkel. Ohne Uhr
hätte sie die Tageszeit nicht sagen können. Ob drei Uhr nachts oder
neun Uhr morgens, es machte keinen Unterschied. Sie liess sich aufs
Kopfkissen zurückfallen und starrte an die Decke. Die Gedanken
kreisten um ihre Mama, um ihr altes Zuhause, ihr Zimmer und die
Erinnerungen, die sie zurückgelassen hatte. Die Stimme der alten
Frau vom Friedhof erklang in ihrem Kopf. Sie erinnerte sich an ihre
Worte als hätte sie sie eben erst gehört. *Wenn du die Augen schliesst,
wird sie bei dir sein.* Emily schloss die Augen und sah ihre Mutter
vor sich. Sie sass in einem Sessel im Wohnzimmer und las in einer
Zeitschrift. Sie sah auf und lächelte Emily an. Emily nahm einen
tiefen Atemzug, liess die Luft langsam durch den Mund entweichen
und schlug die Augen wieder auf. Dann kroch sie aus dem Bett und
begab sich im Schlafanzug nach unten.
Ihr Vater stand im Wohnzimmer und wühlte in einem Umzugskarton
herum. Verwirrt starrte sie um sich. Wo kamen plötzlich all ihre
Möbel her? War die Umzugsfirma hier? Wieso hatte sie das nicht
gehört?
«Hallo Papa!»

«Guten Morgen Kleines. Gut geschlafen?» Er liess die Kiste stehen und kam in die Küche.

«Wie ein Stein.», log sie.

«Willst du Cornflakes?»

«Gerne.»

Emily setzte sich an den Tisch, während ihr Vater das Frühstück zubereitete. Das hatte er schon lange nicht mehr gemacht. Zu Hause in der Schweiz war er meistens schon aus dem Haus, wenn sie aus dem Bett kam. Es stimmte sie ein wenig glücklich, dass er nun scheinbar mehr Zeit für sie hatte. Auch wenn es nur ein Aufglimmen eines Funkens war, fühlte sie sich in diesem Augenblick wohl und geborgen. Ihr Magen knurrte und sie begann die Cornflakes herunter zu schlingen.

«Wann wurden denn unsere Möbel geliefert?», fragte Emily mit halb vollem Mund.

«Vor etwa einer Stunde. Ich habe mich noch gewundert, dass du nicht nach unten kamst. Du hast anscheinend geschlafen wie ein Murmeltier im Winterschlaf.»

Emily dachte an letzte Nacht, die vielen wirren Träume, die etlichen Blicke zur Uhr. Scheinbar hatte sie dann gegen Morgen doch noch Schlaf gefunden.

Ihr Vater ging wieder zurück ins Wohnzimmer und räumte weiter Kisten aus.

Emily blieb in der Küche zurück und stocherte in ihrer Schüssel herum. Kisten auspacken. Das hiesse, dass es jetzt endgültig war. Sie waren angekommen. Ihre neue Heimat war jetzt hier. In der Dunkelheit, in der Kälte, in der Einöde. Sie legte den Löffel weg und stiess die Schüssel von sich weg. Sie hatte plötzlich keinen Hunger mehr. Ihr Magen krampfte sich zusammen. Die soeben gefühlte Geborgenheit war verschwunden. Wie so oft in den letzten neun Monaten fühlte sie sich gerade wieder sehr allein. Wie sollte sie hier nur zurechtkommen? Sie kannte ja niemanden. Ausser vielleicht Loar und Tarja. Tarja schien zwar nett zu sein, doch wohnte sie kilometerweit weg in der nächsten Stadt. Dann bemerkte sie, dass sie ihre Telefonnummer gar nicht aufgeschrieben hatte. Sie konnte sie nicht mal anrufen. Der einzige, der die Nummer hatte, war Loar. Sie überlegte, ob sie zu ihm rüber laufen sollte, um ihn danach zu fragen. Wenn sie in Tarja eine Freundin fand, würde es den Einstieg in das neue Leben möglicherweise erleichtern.

Begegnungen

Am folgenden Tag begann die Schule. Emily hatte gemischte Gefühle. Sie wusste nicht, was sie erwarten würde. Seit ihrem letzten Schulbesuch waren einige Wochen verstrichen. Nun musste sie auf eine komplett neue Schule gehen, mit Kindern und Lehrern, die sie nicht kannte. Ein flaues Gefühl machte sich in ihrem Bauch breit. Seufzend packte sie die Bücher, welche sie vor ein paar Wochen per Post erhalten hatte, in ihren Rucksack und begab sich in die Küche.

«Bereit für deinen ersten Schultag?», fragte ihr Vater und stellte ihr eine Tasse heissen Kakao hin.

«Ich denke schon. Ich bin ein bisschen aufgeregt. Ich hoffe, die anderen Kinder mögen mich!»

«Da habe ich keine Zweifel.»

«Und was tust du?», fragte Emily und stopfte sich ein Stück Brot in den Mund.

«Ich richte mir meine Werkstatt ein. Dann kann ich morgen mit der Arbeit beginnen.» Emilys Vater schaute auf die Uhr über der Spüle. «Jetzt musst du aber los! Der Schulbus sollte jeden Augenblick oben an der Strasse halten.»

Der Bus kämpfte sich ein paar Minuten später die Strasse herauf und kam neben Emily zum Stehen. Sie stieg vorne ein und bahnte sich einen Weg durch neugierige Blicke, in den hinteren Teil des Busses. Sie zählte fünf Kinder. Keines war so dick eingepackt wie sie. Der Bus war zwar beheizt, dennoch fand sie es alles andere als angenehm warm. Den anderen Kindern schien dies jedoch nicht aufzufallen.

Ein Junge sass sogar im T-Shirt auf seinem Sitz.

Ein Mädchen mit einem runden Gesicht erhob sich aus ihrem Sitz und setzte sich neben sie.

«Hey, ich bin Karla, und du?»

Emily streckte ihr ihre Hand hin und stellte sich schüchtern vor. Karla begann sogleich, sich mit Emily lebhaft zu unterhalten. Anscheinend wohnte sie einige Häuser weiter dem Fjord entlang. Sie wohne da seit ihrer Geburt. Ihr Vater arbeite als Strassenbauer und sei den ganzen Tag unterwegs. Ihrer Mutter gehöre ein kleines Restaurant unweit der Schule. Sie wolle sie mal dahin mitnehmen. Emily nickte erfreut.

Daraufhin erzählte Emily ihre eigene Geschichte. Karla hörte aufmerksam zu und als sie erfuhr, dass Emilys Mutter gestorben war, nahm sie ihre Hand und streichelte sie. Emily atmete tief ein. Diese erste Begegnung stimmte sie zuversichtlich und sie entspannte sich ein wenig. Den Rest des Weges wurde nicht mehr viel gesprochen. Die Kinder schienen noch Schlaf in den Augen zu haben. Kein Wunder bei dieser Dunkelheit, dachte Emily. Sie blickte aus dem Fenster. Sie fuhren der Küste entlang. Neben der Strasse lag ruhig das Wasser des Fjords. Der Mond spiegelte sich auf der Oberfläche und tauchte die Landschaft in milchiges Licht. Es war zwar noch dunkel, dennoch fand sie es nicht so schlimm wie zu Hause in der Schweiz. Hier lag wenigstens Schnee. Die Landschaft schien direkt aus einer Weihnachtsgeschichte entsprungen zu sein.

Unterwegs stiegen noch weitere Kinder in den Bus und nach vierzig Minuten erreichten sie die Schule. Das kleine, rote Gebäude lag am Ende einer langen Strasse. Eine Frau stand in der Tür und schüttelte jedem der Kinder die Hand.

Das musste die Lehrerin sein, dachte Emily. Sie trug trotz der Kälte einen beigen Rock, darüber einen violetten Wollpullover und einen blauen Schal. Sie hatte dunkle, halblange Haare, die sie zu einem Pferdeschwanz zusammengebunden hatte. Ihre Stimme klang wie Vogelgezwitscher. Hoch und melodiös. Sie sang förmlich beim Sprechen.

Als Emily vor ihr stand, setzte sie ein noch grösseres Lächeln auf und hiess sie schon fast übertrieben herzlich willkommen. Ihr Name sei Kjersti Fredriksen und freue sich ganz ausserordentlich, sie kennenzulernen. Emily brachte kaum ein Wort über die Lippen. Kjersti schien ihre Schüchternheit zu bemerken und führte sie deshalb nach drinnen und zeigte ihr einen Haken, wo sie ihre fünf Kleidungsschichten hinhängen konnte. Emily tat wie ihr geheissen und wurde dann von Kjersti an ihren Platz geführt. Nervös setzte sie sich hin und blickte sich um. Etliche Augen waren auf sie gerichtet, was ihr Unbehagen noch zusätzlich steigerte. Karla kam zwischen den Schulbänken hindurch und setzte sich an den Tisch nebenan. Emily lächelte ihr zu und war froh, ein bekanntes Gesicht neben sich zu sehen.

Als auch die anderen Schüler ihre Sitzplätze eingenommen hatten, begann der Unterricht. Emily wurde von Kjersti aufgefordert, sich kurz vorzustellen. Als wäre sie nicht schon nervös genug, musste sie sich jetzt noch vor allen Kindern vorstellen. Sie atmete tief durch und nannte den anderen Schülern ihren Namen, woher sie kommt und wo und mit wem sie wohnte. Kjersti dankte ihr, und damit war alle Aufmerksamkeit gegenüber ihrer Person wie weggeblasen.

Der Unterricht begann mit Mathematik. Nicht gerade ihr Lieblingsfach. Sie konnte zwar fliessend Norwegisch, doch manche fachlichen Ausdrücke hatte sie noch nie gehört. Kjersti half ihr aber wo es nur ging und langsam liess die Nervosität nach.

Als die Glocke einige Stunden später Mittag schlug, begaben sich die Schüler in einen Nebenraum und assen ihre mitgebrachten Mahlzeiten. Emily war sich dies von zu Hause nicht gewohnt. Da konnte sie jeden Mittag nach Hause gehen und ein warmes Essen zu sich nehmen. In diesem Teil der Welt war jedoch der Schulweg um einiges weiter und darum ging keines der Kinder am Mittag nach Hause.

Der Nachmittag verging ohne besondere Vorkommnisse. Um drei Uhr stieg Emily mit Karla wieder in den Bus und liess sich nach Hause fahren. Sie wies jedoch den Fahrer an, sie vor Loars Haus abzusetzen anstatt zu Hause. Der Fahrer wollte wissen, ob ihr Vater davon Kenntnis habe. Sie bejahte dies und damit war der Fahrer wohl zufrieden.

Vor Loars Haus stoppte er den Bus und liess Emily aussteigen. Das gelbe, einstöckige Haus lag alleine inmitten unzähliger Bäume in der Nähe des Wassers. Aus dem Schornstein stieg Rauch auf und hinter einem der Fenster sah sie einen Schatten hin und her huschen. Zögerlich ging sie auf das Haus zu.

Vor der Eingangstür blieb sie stehen und nahm ihren sämtlichen Mut zusammen. Nach einigen Sekunden drückte sie entschlossen die Klingel und brachte sich stocksteif vor der Türe in Position. Es dauerte eine Weile bis sie Schritte hörte. Dann wurde die Tür geöffnet und vor ihr stand Loar. Er trug einen bläulichen

Wollpullover und Manchesterjeans. Seine grauen Haare standen etwas wirr vom Kopf ab. Sein Gesicht hellte sich sogleich auf, als er sie sah.

«Na was für eine Überraschung.»

«Hallo Loar. Ich ähhh…, ich wollte dich fragen, ob du mir Tarjas Telefonnummer geben könntest. Sie wollte sie mir geben, aber schlussendlich haben wir es vergessen.»

«Aber selbstverständlich. Komm ins Warme.» Loar stand beiseite und Emily trat schüchtern ein. Er führte sie in die Küche und bedeutete ihr, am Esstisch Platz zu nehmen. Er zog eine Schublade auf und kramte ein Stück Papier und einen Kugelschreiber hervor. Emily schaute sich in der Küche um. Es stand nicht viel herum, entweder war alles in den Schränken verstaut oder Loar besass nicht viel. An der Wand hinter dem Esstisch hingen zwei Bilder. Auf dem einen war sein Haus und darüber Nordlichter abgebildet, und auf dem anderen stand Loar auf einem Boot und präsentierte grinsend einen riesigen Fisch in die Kamera. Emily fragte sich, ob er hier alleine wohnte.

«So, hier hast du die Nummer. Sie wird sich sicher über deinen Anruf freuen.»

Emily griff nach dem Zettel und steckte ihn ein.

«Willst du heissen Kakao?»

«Ja gerne.»

Loar begann Emilys Kakao zuzubereiten. «Ganz schön Dunkel hier im Vergleich zu deiner Heimat was?»

«Allerdings. Ich fühle mich den ganzen Tag müde.»

«Das glaube ich dir. Vermisst du deine Heimat?»

«Eigentlich schon - ja.»

«Dein Papa hat mir erzählt, dass du deine Mutter verloren hast. Ich kann mir vorstellen, dass das sehr schlimm für dich sein muss.» Loar drehte sich um und sah sie fragend an.

«Es ist schlimmer, als alles andere was ich erlebt habe.»

Loar nickte leicht mit dem Kopf und presste die Lippen zusammen.

«Weisst du Emily, für euch hat nun ein anderes - ein neues Leben begonnen. Eine deiner wichtigsten Personen im Leben fehlt. Aber du hast noch deinen Papa. So wie du ihn brauchst, braucht er auch dich. Ich würde lügen, wenn ich dir erzählte, dass es für dich jetzt einfacher wird. Der Anfang hier wird nicht leicht. Neues Haus, neue Umgebung, neue Schule, anderes Klima. Aber dein Papa ist für dich da. Er kennt Norwegen, er weiss was es heisst hier zu wohnen. Er wird dir mit allem helfen. Und ich möchte, dass du weisst, dass du auch jederzeit zu mir kommen kannst, wenn du Hilfe brauchst. Und Tarja ist ein wundervolles Mädchen. Ihr werdet euch blendend verstehen.» Lächelnd nahm er einen Schluck aus seiner Tasse.

Emily wusste nicht was sie sagen sollte. Sie war den Tränen nahe. Nicht nur, weil Loar ihr so lieb seine Hilfe angeboten hatte, sondern weil die ganze Situation mit dem Umzug und die Gedanken an Zuhause ihre Seele stark belasteten. Verlegen blickte sie nach unten und nahm ebenfalls einen Schluck. Danach atmete sie tief durch. Sie sollte etwas erwidern. Aber es fiel ihr nichts ein. Dann kam ihr das Nachbarhaus in den Sinn.

«Kanntest du die Familie, die in unserem Nachbarhaus gewohnt hat?»

Loar zog die Augenbrauen hoch und sah sie stirnrunzelnd an.

«Ähh ja, die kannte ich.», sagte er zögerlich.

«Warum zogen sie aus dem Tal weg?»

Loar schaute auf seine Tasse. Eine Weile sagte er nichts, er schien zu überlegen.

«Nun - sie sind mehr oder weniger über Nacht einfach weggezogen.»

«Über Nacht? Das ist aber eigenartig.»

«Ja weisst du, es war auch eine eigenartige Familie. Also eigentlich nur der Vater.»

«Was war denn eigenartig an ihm?»

Loar presste wieder seine Lippen zusammen, so dass sie weiss wurden.

«Ich weiss nicht, ob ich dir die Geschichte erzählen soll. Es ist nicht gerade eine Gutenachtgeschichte.»

«Ich bin vierzehn Jahre alt, ich bin kein kleines Kind mehr.»

Loar musste lachen. «Da hast du Recht.»

Er lehnte sich in seinem Stuhl zurück, sah Emily durchdringend an und atmete dabei tief aus.

«Bis vor zwanzig Jahren wohnte da eine Familie, die Halvorsens. Vater, Mutter und die Tochter. Die Tochter hiess Mari, die Mutter Freya und der Vater Thore. Ich kannte vor allem Freya seit ihrer frühsten Kindheit. Sie wuchs nicht weit von hier auf einer Farm auf. Sie war schon als Kind eine fröhliche Natur. Ständig hatte sie ein Lächeln im Gesicht, war zu allen Leuten freundlich, versorgte ältere Leute mit frischen Esswaren von ihrer Farm und war überhaupt ein

47

wundervoller Mensch. Mit achtundzwanzig Jahren lernte sie dann Thore kennen. Thore stammte von weiter nördlich, aus Alta. Jedenfalls zog er bald einmal hier nach Skarsfjord. Gemeinsam kauften sie sich das Haus neben dem euren. Ein Sommer und ein Winter vergingen, und dann kam Mari zur Welt. Ein wunderschönes Kind, sie hatte die Gesichtszüge ihrer Mutter. Freya war überglücklich. Sie war so stolz und ich weiss noch, wie sie zu mir kam und mir Mari im Kinderwagen zeigte. Freya war oft mit Mari bei uns zu Besuch. Meine Kinder wuchsen mit Mari auf. Das heisst, hin und wieder spielten sie miteinander, wenn Freya uns besuchte. Mit Thore verstand ich mich eigentlich auch, er war jedoch ein sonderlicher Typ, weisst du. Etwas introvertiert, kümmerte sich meistens um seinen eigenen Kram. Viele Menschen hier oben sind so, Thore war aber noch etwas extremer. Ich habe nie richtig verstanden, was Freya in ihm sah. Klar, er war ein grosser, kräftiger und gutaussehender Bursche, aber es fehlte an der Ausstrahlung.» Loar nahm einen Schluck Kakao und fuhr dann mit dem Erzählen fort.

«Freya war das pure Gegenteil. Und gerade deshalb verstand ich Freya nicht. Aber es ging mich ja nichts an, es war *ihr* Leben, und sie musste in Thore etwas gesehen haben, was *meinen* Augen verborgen blieb.» Loar seufzte.

«Einige Jahre später verlor Thore seine Arbeit in der Fischfabrik. Er hatte hin und wieder Fische mitgehen lassen. Er wurde mehrfach verwarnt, doch der Trottel liess sich abermals erwischen und er wurde daraufhin gefeuert. Zum Glück hatte er noch ein Fischerboot, so konnte er mit dem Verkauf von Fisch wenigstens die Familie weiter ernähren. Dieser Vorfall hatte jedoch einen Ball ins Rollen gebracht, der kaum noch aufzuhalten war. Bald bemerkte ich eine Veränderung in Freyas Gemütszustand. Sie besuchte mich kaum noch, zeigte sich auch im Laden nicht mehr oft und wenn man sie sah, suchte man vergeblich nach ihrem gewohnten Lächeln. Stattdessen wirkte sie melancholisch, in sich gekehrt und bedrückt. Niemand getraute sich sie darauf anzusprechen. Die Leute kümmern sich um ihre eigenen Angelegenheiten, sie glauben, dass es unhöflich wäre, jemanden auf seine Probleme anzusprechen. Ich war da aber anders. Mein Vater sagte mir immer, sag was du denkst, dann wissen die Leute woran sie sind.» Er lachte kurz auf und Emily verzog den Mund zu einem Lächeln.

«Ich kannte Freya schon ihr ganzes Leben lang und ich konnte nicht mitansehen, wie ein so lebensfroher Mensch in Traurigkeit versank.» Loar nahm wieder einen Schluck und Emily nutzte die Gelegenheit um eine Frage zu stellen.

«Was war mit Freyas Eltern? Konnten die ihr nicht helfen?»

«Freyas Eltern starben kurz nach Maris Geburt auf einer Bergtour.»

«Dann war das vielleicht der Auslöser für ihre Veränderung», spekulierte Emily.

«Freya hatte nicht die beste Beziehung zu ihren Eltern gehabt. Natürlich hatte sie der Verlust tief getroffen, doch sie war danach schon bald wieder die Alte.»

«Blieb auch Mari von deiner Familie fern?»

«Ja. Ich sah sie ebenso wenig wie Freya.»

«Wie sah Mari denn aus?»

«Sie war blond, hatte etwas kürzere Haare als du. Wunderschönes

Gesicht, sah genau gleich aus wie Freya als Kind. Dazu kamen die grünen Augen. Ich sagte ihr immer, dass sie das Licht des Nordens in sich trage. Sie hatte immer so schön gelächelt, wenn ich ihr das sagte.» Ein wehmütiges Lächeln umspielte Loars Lippen.

Emily kratzte sich am Hinterkopf. «Und du hast Mari dann nie wiedergesehen?»

Loar dachte nach.

«Doch schon. Ich sah sie hin und wieder vor ihrem Haus, aber das war sehr selten.» Loar machte eine kurze Pause und Emily getraute sich kaum zu atmen.

«Eines Tages hatte ich mich in der Nähe ihres Hauses hinter einem Baum postiert und wartete bis Thore das Haus verliess. Ich ging zur Tür und klingelte. Freya öffnete und schon auf den ersten Blick konnte ich sehen, dass sie geweint hatte. Ich fragte, ob ich reinkommen dürfe. Mari befand sich im oberen Stock, ich konnte sie singen hören. Sie war damals vielleicht elf Jahre alt gewesen. Wir setzten uns ins Wohnzimmer und Freya trocknete ihre Tränen. Ich wartete, bis sie sich ein wenig beruhigt hatte und fragte sie dann, was los sei.»

«Was ist denn passiert Freya?»
«Ich kann es dir nicht sagen.»
«Klar kannst du das! Ich sehe doch, dass es dir seit Monaten schlecht geht. So kenn ich dich gar nicht. Ich kann diesem Wandel nicht länger zuschauen.»
Freya begann kurz zu schluchzen, fasste sich aber schnell wieder.
«Es ist Thore. Er schlägt mich. Er hat sich so sehr verändert. Er

trinkt die ganze Zeit. Und wenn er zu viel getrunken hat, verprügelt er mich.»

«Ich weiss noch, wie elend ich mich in diesem Moment gefühlt hatte. Meine Hände hatten zu schwitzen begonnen, und ich fühlte eine Übelkeit in mir aufsteigen. Meinen Vorschlag zur Polizei zu gehen lehnte sie ebenso ab, wie mein Angebot, dass sie vorübergehend in meiner Wochenendhütte in Laksvatn wohnen könne. Thore hatte Mari bis zu diesem Zeitpunkt noch nicht angefasst. Das versicherte mir jedenfalls Freya. Aber ob das wirklich so gewesen war, wird wohl für immer ein Geheimnis bleiben.»
Emily bemerkte, dass Loar schwer schluckte. Die Geschichte schien ihn mitzunehmen.
«Danach habe ich sie vier Monate nicht mehr gesehen», fuhr Loar fort. «Sie kam auch nie bei mir vorbei. Ich getraute mich auch nicht mehr zu ihr zu gehen. Ich wusste jetzt, dass Thore ein gemeiner Kerl war. Ich wollte die Situation durch mein Erscheinen nicht noch verschlimmern.
Mein Gewissen nagte jedoch an mir. Ich fühlte mich nicht mehr wohl, konnte nicht mehr schlafen und war völlig ruhelos. So entschloss ich mich, die Dinge selber in die Hand zu nehmen. Eines Nachmittags ging ich zum Haus der Familie und klopfte an die Tür. Mari spielte hinter dem Haus mit dem Nachbarshund. Die Tür wurde geöffnet und vor mir stand Freya. Ich erkannte sie kaum wieder. Ihr Gesicht war eingefallen, die Haut war so weiss wie Schnee, und ihr Körper sah ausgemergelt aus. In ihren Augen lag eine unsägliche Müdigkeit. Die Energie, die sie bisher ausgestrahlt hatte, war

verschwunden. Zuerst brachte ich keinen Ton über die Lippen. Freya las das Entsetzen in meinem Gesichtsausdruck ab. Schliesslich gestand sie mir, dass sie an Krebs leide und wohl nicht mehr lange zu leben hat.

Ich war wie vor den Kopf gestossen. Für mich brach eine Welt zusammen. Ich stand da wie ein Volltrottel, konnte weder sprechen noch denken. Dann nahm Freya mich in den Arm.»

Emily schluckte einen Kloss runter und rang mit den Tränen.

«Dann sagte sie mir, dass ich mir keine Sorgen machen soll. Und – dass sie noch einen letzten Wunsch hatte.»

«Ich bitte dich nur um einen einzigen Gefallen. Wenn ich nicht mehr bin, möchte ich, dass du ein Auge auf Mari wirfst. Du weisst, dass sich hier einiges verändert hat. Den Thore, den ich vor dreizehn Jahren geheiratet hatte, ist nicht mehr derselbe Mensch. Ich weiss, dass du ihn nie richtig gemocht hast. Du musst aber wissen, dass es mir meistens gut ging. Veränderungen kann es immer geben. In meinem Fall haben sich die Dinge in eine schlechte Richtung verändert. Du warst immer für mich da. Dafür werde ich dir ewig dankbar sein. Darum vertraue ich dir wie sonst keinem auf diesem Planeten. Du warst und bist wie ein Vater für mich.

«Zum Schluss schenkte sie mir jenes Lächeln, welches ich so gut von ihr in Erinnerung hatte. Und welches ich seit geraumer langen Zeit nicht mehr bei ihr gesehen hatte.

Und dann war sie weg. Ich habe sie nie wiedergesehen.»

Es folgte eine lange Pause, in der weder Emily noch Loar ein Wort sprachen. Emily fühlte sich, als wäre sie von einem Lastwagen überrollt worden. Unfähig etwas Nützliches zu sagen, starrte sie vor sich hin.

Schliesslich räusperte Loar sich. «Ich musste danach einige Wochen geschäftlich verreisen. Der Zeitpunkt hätte nicht schlechter sein können. Als ich zurück war, an einem Freitagmorgen, wollte ich nach Freya sehen. Als ich gerade die Stufen zur Veranda hochgehen wollte, war mir, als hätte jemand meinen Namen gerufen. Ich schaute mich um, konnte aber niemanden entdecken. Dann schaute ich nach oben zu den Fenstern im ersten Stock. Alle waren geschlossen, Licht brannte keines. Also ging ich ein paar Schritte ums Haus herum und da sah ich, dass das Fenster zu Maris Zimmer mit Brettern vernagelt war. Durch einen Spalt konnte ich Licht dahinter sehen. Ich konnte mir nicht vorstellen was das zu bedeuten hatte. Ich hatte aber ein flaues Gefühl im Magen. Gerade als ich ihren Namen rufen wollte, wurde die Vordertür aufgerissen. Thore trat heraus. Er fragte mich, was ich hier wolle. Ich hatte keine Angst vor ihm und ging auf ihn zu. Schon aus drei Metern Entfernung konnte ich den Alkohol riechen.

Ich fragte nach Freya. Dann sah er mich argwöhnisch an und sagte nur knapp:

«Die ist vor zwei Tagen gestorben!»

Die Art, wie er das gesagt hatte, stellte mir die Haare im Nacken auf. Seine Stimme klang, als hätte er Rasierklingen im Hals.

Ich weiss noch heute, wie ich mich in dem Moment gefühlt hatte.

Der Boden unter meinen Füssen öffnete sich und ich fiel ins Leere.

Thore wünschte mich zum Teufel und schlug mir die Tür vor der Nase zu. Ich konnte nicht mal fragen wo Mari ist. Ich ging ums Haus und rief nach ihr, doch es kam keine Antwort. Ich sah Mari nie wieder.»

«Wie meinst du das? Ist sie weggezogen?», fragte Emily stutzig.

«Nein. Sie war wie vom Erdboden verschluckt. Niemand hat sie je wiedergesehen. Ich informierte natürlich die Polizei. Doch als diese bei Maris Haus eintrafen, war das Haus leer. Thores Kleider waren allesamt aus dem Schrank verschwunden. Er hatte das Haus verlassen. Von Mari weit und breit keine Spur.»

«Dann ging Mari bestimmt mit ihm mit», sagte Emily voller Hoffnung.

«Ich wünschte es wäre so gewesen. Doch Maris Kleider und Spielsachen waren alle noch in ihrem Zimmer. Einige ihrer Sachen nahm ich zu mir nach Hause. Doch die Kleider wurden nie mehr getragen, und die Spielsachen nie wieder gebraucht.»

«Wie alt war Mari damals?»

«Sie war elf Jahre alt.»

Loar schaute Emily aus traurigen Augen an. «Das ist die traurige Geschichte deines Nachbarhauses.»

Emily nickte zaghaft und Loar tätschelte ihre Hand.

«Wo liegt denn Freyas Grab?», wollte Emily wissen.

«Bei euch am Strand unten. Hinter dem Felsen. Aber im Winter ist da alles zugeschneit.»

«Was denkst du ist mit Mari geschehen?»

«Wenn ich das wüsste!» Loar schüttelte im Zeitlupentempo den Kopf. «Ich würde alles dafür geben, um das zu wissen.»

«Hast du denn eine Vermutung?»

Loar zuckte mit den Achseln.

«Ich könnte mir vorstellen, dass Mari weggelaufen ist. Doch dann hätte sie sicher irgendjemand mal gefunden. Ich meine, sie hätte ja irgendwie Essen und Schlafen müssen. Doch den Behörden wurde nie eine derartige Meldung gemacht. Ich glaube, es ist etwas Schlimmeres passiert.»

«Du denkst, dass Thore Mari etwas angetan hatte?»

Loar nickte geistesabwesend.

«Ich möchte das Haus gerne von innen sehen.», sagte Emily nach einer Weile.

Loar erschrak sichtlich. Er stellte die Tasse ab und sah Emily streng an.

«Versprich mir, dass du nicht in das Haus gehst. Es ist nicht sicher. Alles ist alt und einsturzgefährdet. Womöglich stürzt die Treppe ein oder die Decke kracht auf deinen schönen Kopf herunter. Nein, du darfst da nicht reingehen, hast du mich verstanden?»

«Ja», stammelte Emily kleinlaut vor sich hin.

Loar begann wieder zu lächeln.

«Danke Emily. Ich weiss, so ein altes Haus muss für ein junges Mädchen wie dich sehr anziehend und aufregend wirken. Aber bitte hör auf mich.»

Emily nickte.

«Ich glaube, du solltest langsam nach Hause gehen. Dein Vater wartet bestimmt schon auf dich!», sagte Loar schliesslich und begleitete Emily zur Tür. Dort verabschiedete sie sich und ging über die Strasse zurück zu ihrem neuen Zuhause.

Dunkle Gedanken

Loar sass nach Emilys Besuch noch eine Weile in seinem Schaukelstuhl, die Hände vor dem Gesicht zu einem Dreieck geformt, und grübelte über längst vergangene Zeiten nach. Die Geschichte von Mari und ihrer Familie hatte er noch nie jemandem erzählt. Die meisten Leute in der Gegend wussten zwar, dass damals etwas nicht mit rechten Dingen zugegangen war, aber die Erinnerungen an diese Geschichte verflossen so schnell wie der Schnee anfangs Sommer.

Wie viele Nächte hatte er wach gelegen, sich von einer Seite auf die andere gewälzt und sich den Kopf darüber zerbrochen, was mit Mari geschehen war. Aber selbst nach all diesen schlaflosen Nächten, war er zu keinem schlauen Ergebnis gekommen. Mari blieb verschwunden und hatte ihr Geheimnis mitgenommen.

Er erinnerte sich an einen Nachmittag im Sommer, als Mari ihn an der Hand an einen geheimen Platz führen wollte. Es sei ihr Versteck und er sei der Einzige, dem sie es zeigen werde. Sie führte ihn auf den Berg hinter ihrem Haus. Weit kamen sie jedoch nicht. Auf einmal hatte Thore nach ihr geschrien. Mari hatte seine Hand augenblicklich losgelassen und rannte zurück zum Haus. Da hatte er das erste Mal das Gefühl gehabt, dass etwas nicht stimmte.

Etliche Male hatte er nach Maris Verschwinden den Berg hinter dem Haus abgesucht, doch er konnte weder eine Höhle noch sonst etwas finden, das Mari als Versteck hätte dienen sollen. Sie hatte das Geheimnis mitgenommen. Doch selbst wenn er es gefunden hätte, Freyas Tod und Maris Verschwinden blieben eine Tatsache. Er konnte nur nicht verstehen, dass nicht mal die Polizei etwas ausrichten konnte. Auch Thore wurde nie wiedergesehen. Der hätte sicher Licht in die Angelegenheit bringen können. Insgeheim wünschte sich Loar, dass er ebenfalls das Zeitliche gesegnet hatte. Aber auch das würde er wohl nie erfahren.

Loar hob sich mühsam aus dem Schaukelstuhl hoch, ging in die Küche und setzte den Kaffeekessel auf.

Das Tagebuch

Schon von weitem konnte Emily ihr Haus sehen. Hier im Norden liessen die Hausbesitzer das Verandalicht vierundzwanzig Stunden eingeschaltet. Diese Angewohnheit stammte noch aus früheren Zeiten, als die Gegend noch spärlich besiedelt war und jeder Verirrte froh war, wenn er ein Licht in der winterlichen Dunkelheit entdeckte. So hatte auch ihr Haus das Aussenlicht eingeschaltet. Das Nachbarhaus jedoch stand finster daneben.

Emily blieb vor der Einfahrt des Hauses stehen und blickte an dessen Fassade empor. Sie hatte Loar versprochen, das Haus nicht zu betreten. Jetzt wo sie hier im Dunkeln vor dem Haus stand, fühlte es sich leicht an, Loars Wunsch zu entsprechen. Und trotzdem spürte sie ein Kribbeln in der Magengegend. Loars Geschichte hatte so spannend geklungen, dass sie sich jetzt von dem Haus angezogen fühlte. Dessen ungeachtet konnte sie sich nicht vorstellen, bei Dunkelheit in dieser Ruine herumzuschnüffeln.

Das Quietschen eines rostigen Scharniers holte sie aus ihren Gedanken heraus. Sie sah, dass sich am Nachbarhaus die Vordertür in den Angeln bewegte. Der Wind musste sie bewegt haben, dachte Emily. Nur, es war gerade fast windstill. Unschlüssig trat sie von einem Bein auf das andere. Sollte sie sich doch mal da drin umsehen? Sie entschied sich es zu versuchen. Mit zitternden Händen holte sie die Taschenlampe aus dem Rucksack und blieb schliesslich vor der Veranda stehen. Die Stufen sahen nicht sehr stabil aus. Trotzdem setzte sie vorsichtig den linken Fuss auf den ersten Treppenabsatz. Es knarzte laut, aber das Holz gab nicht nach. Auch die nächsten zwei Stufen hielten ihrem Gewicht stand. Als sie an der Tür angelangt war, zog sie sie sachte noch ein Stück weiter auf. Ihr Herz hämmerte wild gegen die Brust und die Beine fühlten sich an wie Gummi.

Die Tür schwang ächzend zurück. Faulige Luft schlug ihr entgegen. Sie schaltete ihre Taschenlampe ein und leuchtete nach drinnen. Ein Korridor führte ins Haus, daneben stieg eine Treppe ins Obergeschoss. Auf Zehenspitzen überquerte sie die Türschwelle. Die Dielen knarrten unter ihrem Gewicht und versetzten ihr bei jedem Schritt einen Schreck. Sie blieb stehen und spielte mit dem Gedanken umzukehren. Sie drehte sich Richtung Ausgang, blieb dann aber stehen und entschloss sich trotzdem weiterzugehen.

Der Boden war von verwelktem Laub übersät und die Wände von oben bis unten mit Schmutz überzogen. An einigen Orten hatte sich Schimmelpilz gebildet. Überall hing die Tapete in Fetzen von der Wand. Rechts befand sich das Wohnzimmer, oder das was davon übrig war. Sie betrat den Raum und leuchtete die Wände mit ihrer Lampe ab. An der Wand stand ein Kamin, halbverbrannte Holzscheite lagen auf dem Boden herum. Mitten im Raum hing ein Leuchter, über und über mit Spinnweben verhangen. Emily lief ein kalter Schauder über den Rücken. Neben dem Kamin hing ein gerahmtes Bild. Langsam ging sie darauf zu. Ein grossgewachsener, kräftiger Mann hielt eine Frau in den Armen, in ihrer Mitte stand ein kleines, engelblondes Mädchen. Der Mann hatte ein kantiges Gesicht, der krause Kinnbart erinnerte Emily an eine Ziege. Die Augen waren zu kleinen Schlitzen zusammengepresst. Obwohl er in die Kamera lächelte, hatte er dennoch etwas Furchteinflössendes an sich. Emily konnte nicht sagen was es war, aber der Blick des Mannes stellten ihr die Nackenhaare auf. Die Frau hingegen machte einen netten Eindruck. Ihre blonden Haare fielen ihr fast bis zum Bauch. Auch sie lächelte in die Kamera, ihre Augen jedoch wirkten traurig und müde. Ihre knochigen Finger hielten scheinbar verkrampft die rechte Schulter des Mädchens umklammert.

Das kleine Mädchen machte ein ausdrucksloses Gesicht. Die blonden Strähnen fielen ihr ins Gesicht und verdeckten die linke Seite. Die Hände hatte sie hinter dem Rücken versteckt und sie schien an der Kamera vorbeizuschauen. Das rechte, freie Auge blickte nämlich in eine andere Richtung.

Die Familie stand auf der Veranda vor jenem Haus, indem sie sich gerade befand. Schnee lag rund ums Haus. Die Weihnachtsdekoration an den Fenstern vermittelte einen warmen Eindruck. Das war wohl die Familie Halvorsen.

Emily wandte den Blick ab und begab sich ins Obergeschoss. Dort fand sie zwei Schlafzimmer und ein Badezimmer vor. Sie betrat das erste Zimmer. Als sie über die Schwelle trat, verspürte sie einen eisigen Windhauch. Sie blieb kurz stehen, leuchtete mit der Taschenlampe im Raum umher und sah, dass das Fenster schief in den Angeln hing. Sie hatte das Gefühl, dass es in diesem Zimmer noch einige Grade kälter war als im Rest des Hauses.

In einer Ecke entdeckte sie ein kleines Bett, daneben eine verrottete Nachtkommode, auf der eine staubige Lampe stand. Das Bett war mit einem schmutzigen Laken bezogen. Emily trat näher und blieb vor dem Bett stehen. Unter der Decke schaute etwas hervor. Es sah aus wie das Bein eines Säuglings. Zögernd hob sie die Bettdecke an.

Zum Vorschein kam eine kleine Puppe, die über und über mit Dreck verschmiert war. Sie bot einen jämmerlichen Anblick.

Emily hatte das Gefühl, dass dieses Haus ihr die Energie raubte. Alles wirkte so verloren und vergessen. Warum hatte das Mädchen beim Wegzug ihre Puppe nicht mitgenommen? Oder warum war das Bett noch komplett bezogen? Ihr Blick fiel auf das Fenster und erst jetzt bemerkte sie, dass es von aussen mit Brettern zugenagelt war. Kopfschüttelnd wandte sie sich ab.

Plötzlich ertönte hinter ihr ein quietschendes Geräusch. Erschrocken drehte sie sich um und leuchtete auf die gegenüberliegende Zimmerseite. Sie konnte kaum die Taschenlampe ruhig halten. Ihre Hände zitterten wie Espenlaub. Die Tür des Wandschrankes schien sich geöffnet zu haben. Emily kämpfte mit dem Gedanken davonzurennen. Vorsichtig ging sie auf den Schrank zu und öffnete eine der beiden Türen. An einem der vielen Kleiderbügel hing ein graues Mädchenkleid, ansonsten war er leer. Weiter oben gab es noch ein Regalbrett, doch es lag zu hoch. Sie konnte nicht sehen ob sich etwas darauf befand. Also tastete sie mit den Fingern so weit sie konnte. Auf einmal berührten sie einen Gegenstand. Erschrocken zog sie die Hand zurück, griff aber gleich nochmal nach oben und beförderte den Gegenstand ans Licht. Ein kleines, in Leder gebundenes Büchlein lag in ihrer Hand. Sie blies den Staub von der Oberfläche, drehte es nach allen Seiten, konnte jedoch keinen Schriftzug entdecken. Mit dem Buch in der Hand setzte sie sich aufs Bett und schlug es auf. Auf der ersten Seite stand in einer krakeligen Handschrift, *Tagebuch von Mari Halvorsen*. Emily starrte die Buchstaben an, als hätte sie zuvor noch nie einen Buchstaben gesehen. Konnte das wirklich das Tagebuch *des* Mädchens sein, dass vor etlichen Jahren spurlos verschwunden war?

Mit zittrigen Fingern blätterte sie eine Seite weiter.

15. Oktober 1978

Ich bin traurig. Mutter ist krank geworden. Sie verbringt viel Zeit im Bett. Ab und zu kann ich sie überreden, mit mir ans Wasser zu gehen, um die Wellen zu beobachten. Wir sitzen dann stundenlang auf einem Felsen und blicken über den Fjord und die Berge. Unser Boot schaukelt im Puls der Wellen auf und ab. Jetzt im Herbst gibt es hier keine Orcas. Aber im Winter geht Mutter mit mir immer Wale beobachten. Deren graziösen Bewegungen faszinieren mich jedes Mal aufs Neue. Ich freue mich schon auf den Winter. Doch was wird der nächste Winter alles bringen? Wird Mutter wieder gesund sein? Ich wünsche es mir so sehr.

Plötzlich begann die Taschenlampe zu flackern. Emily schüttelte sie einmal kräftig durch, doch das Flackern blieb. Die Batterie gab wohl ihren Geist auf. Sie musste hier raus solange sie noch Licht hatte. Sie verstaute das Buch in ihrem Rucksack und eilte die Treppe hinunter und verliess das alte Haus. Sie hatte nur noch einen Gedanken, sie wollte in dem Tagebuch weiterlesen.

Abends sass sie mit ihrem Vater am Küchentisch und kaute an einem Stück Fleisch.

«Hast du bei unseren Nachbarn etwas entdeckt?», fragte ihr Vater. Er hatte sie aus dem Haus kommen sehen und war darüber gar nicht erfreut gewesen.

Emily war unsicher, ob sie ihm von dem Tagebuch erzählen sollte. Wahrscheinlich wäre es besser, wenn sie es vorläufig noch für sich behielte.

«Nur eine Menge Schmutz, alte Kissen, Decken und heruntergekommene Möbel.»

«Es wundert mich, dass überhaupt noch etwas im Haus zu finden ist», meinte ihr Vater und zuckte mit den Achseln. «Ich möchte nicht, dass du da nochmal reingehst hörst du? Wir wissen nicht, in welchem Zustand sich das Haus befindet. Auf einmal bricht diese Ruine noch über dir zusammen.» Er schaute sie mahnend an.

Emily nickte nur geistesabwesend. Stattdessen schlang sie das Essen herunter. Sie konnte nur noch an das Buch denken.

«Ich habe genug gegessen, kann ich in mein Zimmer gehen?», fragte sie schliesslich.

Ihr Vater schien kurz zu überlegen und meinte dann: «Klar, geh nur. Ich mach hier sauber. Aber Moment noch, ich möchte noch über etwas mit dir reden.»

Emily schaute ihn über den Teller hinweg misstrauisch an.

«Geht es dir gut?», fragte er und berührte sie am Arm.

Emily zuckte mit den Achseln. «Wieso fragst du?»

«Einfach so. Weil alles hier neu für dich ist. Das kann einem schon Angst machen. Ich will einfach sicher sein, dass du dich wohl fühlst.»

Emily schaute ihn über den Tellerrand hinweg an. Wohlfühlen! Ein Wort, das sie schon seit ein paar Monaten nicht mehr in den Mund genommen hatte. Was sollte sie ihm jetzt also antworten? Ja, alles war bestens, keine schlechten Gedanken mehr, keine schlaflosen

Nächte, keine Weinanfälle. Das wäre alles gelogen. Aber andererseits hatte sie jetzt keine Lust über ihren psychischen Zustand zu reden.

«Es geht mir gut.»

Ihr Vater sah sie durch seine Lesebrille hindurch an. Dann nahm er sie ab und legte sie neben den Teller.

«Denkst du viel an Mama?»

Emily schluckte schwer. Jetzt kam das Thema also doch noch auf den Tisch. Sie verstand ja, dass sich ihr Vater Sorgen um sie machte. Trotzdem wünschte sie sich, dass sie einfach mit ihren Gedanken allein gelassen würde. Wie meistens in diesen Situationen gab sie ihm eine Antwort, von der sie wusste, dass er sie danach nicht weiter mit Fragen durchlöcherte.

«Ich denke oft an sie, ja», gab sie schliesslich zur Antwort. «Aber der Abstand zu den Erinnerungen Zuhause werden mir jetzt sicherlich guttun. Ich bin hier abgelenkt.» Sie hoffte inständig, dass das Thema somit erledigt war. Sein Blick jedoch verriet ihr, dass er sie wohl durchschaut hatte. Eine gefühlte Ewigkeit sah er sie skeptisch an. Dann setzte er jedoch ein Lächeln auf, gab ihr einen Kuss auf die Stirn und liess sie ziehen.

~

Sie beobachtete Emily, wie sie das Haus betrat und sich angespannt von Zimmer zu Zimmer bewegte. Als sie vor dem alten Familienfoto stehen blieb, stellte sie sich neben sie und betrachtete das Foto ebenfalls. Wie lange war das nun her? Sie konnte sich kaum noch daran erinnern. Wie so vieles aus der Vergangenheit, war alles hinter einem undurchdringlichen Nebel verborgen. Nur ab und zu gab der Nebel die Sicht auf eine schreckliche Erinnerung frei. Sie sehnte sich nach Mutters Hand. Für einen kurzen Augenblick spürte sie die Wärme auf ihrer Schulter, der Nebel lichtete sich und die Erinnerungen an Mutter kamen schmerzend zurück.

Emily drehte sich weg und verschwand im Obergeschoss. Sie folgte ihr die Treppen hinauf und schliesslich in ihr altes Zimmer.

Sie sah ihr zu, wie sie zu ihrem Bett ging und die Bettdecke anhob. Die Puppe war wie ein Zeitzeuge einer schrecklichen Vergangenheit. Sie konnte spüren, dass Emily in diesem Moment bewusst wurde, dass mit dem Haus etwas nicht stimmte. Dass es nicht einfach ein verlassenes Haus war, sondern, dass sich hier etwas Schlimmeres abgespielt haben musste.

Sie griff nach der Schranktür und öffnete diesen einen Spaltbreit.

Tränen

20. Oktober 1978

Wieder ist ein Tag vergangen und Mutter geht es nicht besser. Heute Morgen hatte sie noch mit mir zusammen gelernt, wie wir das jeden Tag machen. Doch nach einer Stunde musste sie sich wieder hinlegen. Ich ging dann runter ans Wasser und habe geweint. Mein Vater schrie plötzlich nach mir. Ich musste ihm helfen eine Wasserleitung zu reparieren. Als ich das Werkzeug fallen liess, hat er mich geschlagen. Meine Wange ist ganz rot und schmerzt. Seit er nicht mehr in der Fabrik arbeitet ist er ein anderer Mensch geworden. Er ist immer schlecht gelaunt, schreit mich an und trinkt unendlich viel Bier.

Emily war nach dem unangenehmen Gespräch mit ihrem Vater in ihr Zimmer geeilt und hatte erwartungsvoll das Tagebuch zur Hand genommen. Die Zeilen liessen ihren Puls in die Höhe schnellen und sie hörte das Rauschen des Blutes in ihren Ohren. Eine Wut stieg in ihr auf. Sie hasste Maris Vater. Wie konnte ein Vater seinem eigenen Fleisch und Blut sowas antun.

In ihren Gedanken malte sie sich aus, was sie dem Kerl alles antun würde, hätte sie ihn gefesselt vor sich.

24. Oktober 1978

Mein Vater wird immer gemeiner. Er schlägt mich nun fast täglich. Meine Mutter fragte mich, was mit meiner Wange passiert sei. Ich wollte ihr aber nicht noch unnötig Sorgen machen und sagte ihr, dass mich eine Mücke gestochen hatte. Sie hatte es wohl geglaubt.

Ich sitze fast den ganzen Tag an Mutters Bett und lese ihr aus einem

Buch vor. Meistens schläft sie ein, dann lege ich mich neben sie.

Vater kocht hin und wieder etwas zu Essen, das bringe ich ihr dann

ans Bett. Immer öfter muss ich jedoch selbst Essen zubereiten. Vater

ist zu betrunken. Meine Mutter sagte mir, dass ich ihn in Ruhe lassen

und bei ihr bleiben soll.

Heute habe ich sie gefragt, warum sich Vater so verändert hat.

Mutter meinte, dass Vater eine schwierige Zeit durchlebe. Der

Verlust der Arbeitsstelle sei für ihn schlimm gewesen, er habe

dadurch viele Freunde verloren und natürlich das Einkommen. Der

Alkohol habe dann den Rest erledigt.

30. Oktober 1978

Ich sitze auf dem Felsen wo Mutter und ich im Winter die Wale

beobachten. Es ist dunkel, und ich schreibe im Licht einer Kerze.

Mutter spricht nicht mehr viel. Sie schläft fast den ganzen Tag. Mein

Essen rührt sie kaum noch an und meistens trage ich mehr als die

Hälfte wieder in die Küche zurück oder esse es selbst. Vater ist oft

weg und kommt dann erst spät in der Nacht zurück. Ich weiss nicht

wo er sich in dieser Zeit aufhält. Gestern Nacht, er war wieder mal

betrunken, riss er mich aus dem Schlaf und befahl mir, ihm etwas zu

kochen.

Heute Abend will ich nicht zu Hause sein. Auf meinem Felsen ist es

ruhig und über mir tanzen die grünen Feen für mich. Ich bin hier zu

Hause, auf meinem Felsen!

Emily klappte das Buch zu und legte sich hin. Eine Träne lief ihr über die Wange. So etwas Trauriges hatte sie noch nie gelesen. Was hatte das Mädchen alles durchmachen müssen. Wieviel Leid musste sie erdulden. Und all das war hier gleich vor ihrer Haustür passiert. Emily musste plötzlich an ihre eigene Mutter denken. Sie öffnete die Schublade ihrer Nachtkommode und zog einen handgeschriebenen Brief heraus. Der Brief war mit hellblauer Schrift auf grünem Papier geschrieben worden. Er war von ihrer Mama. Emily hatte ihn von Papa erhalten, eine Woche nachdem sie sie beerdigt hatten. *Er ist nur für deine Augen bestimmt,* hatte er gesagt.

Seither waren nun neun Monate verstrichen und es gab nicht einen Tag, an dem sie ihn nicht las. Durch den Brief fühlte sie sich ihrer Mutter nahe, und ihre Worte waren wie ein Wiegenlied, welche sie in den Schlaf lullten. Sie hielt den Brief hoch und begann zu lesen.

Mein kleiner Engel

Seit dem Tag, an dem diese schreckliche Krankheit in unser Haus eingedrungen ist, und unser aller Leben auf den Kopf gestellt hatte, verging keine Stunde, in der ich nicht an dich dachte. Wenn du diesen Brief liest, heisst das, dass ich nicht mehr bei dir sein kann und dich vor all den Gefahren, die diese Welt mit sich bringt, beschützen kann. Vom ersten Tag an, als du schlafend in meinen Armen gelegen hast, wollte ich nichts anderes als für dich da sein. Dich in den Armen halten, wenn du traurig bist, wenn du böse bist, wenn du dir deine Knie aufgeschlagen hast, oder einfach, wenn du bei mir sein willst. Was ich aber am meisten vermissen werde, ist dein zauberhaftes Lächeln. Die Welt schien ein besserer Ort zu sein, wenn du gelächelt hast, jedenfalls in unserer kleinen Welt. Ich wünsche mir, dass du dieses Lächeln nicht verlierst, auch wenn ich nicht mehr da bin. Papa wird dich brauchen, mein Kleines. So wie du ihn brauchen wirst. Ich mache mir aber keine Sorgen, denn ich weiss, dass ihr beide stark seid und zusammen einen Weg finden werdet, um euer Leben glücklich weiterzuführen.

Wenn du dich mal allein fühlst, geh an einen schönen Ort und hör auf die Stimmen der Natur. Du wirst merken, du bist nicht alleine. Jeder Tag in deinem Leben wird ein Abenteuer sein, jeder Tag zählt. Zeit ist das wertvollste Gut das wir haben. Nutze sie, wie es für dich am besten stimmt. Schau auf DICH, du musst nicht der ganzen Welt gefallen. Wie du dich selbst siehst, das zählt am meisten. Wenn du am Abend in den Spiegel schaust, musst du stolz auf dich sein.

Ich bin dankbar, dass du zu einer wunderschönen, klugen Frau heranwachsen kannst und dein Leben nach deinen Vorstellungen leben wirst. Und ich sterbe im Wissen, dass du mir jede Sekunde meines Lebens verschönert hast.

Deine dich liebende Mama

Emily legte den Brief in die Schublade zurück, wischte sich die Tränen aus den Augen und drehte sich um. Ihre Augenlieder schienen eine Tonne zu wiegen, und sie konnte nicht mehr länger gegen den Schlaf ankämpfen. Mit Mutters Bild vor dem geistigen Auge, fiel sie in einen unruhigen, traumreichen Schlaf.

Annäherung

Als Emily am nächsten Morgen in der Küche sass und frühstückte, klingelte das Telefon. Ihr Vater ging ran und nachdem er ein paar Worte gewechselt hatte, hängte er auf und verkündete, dass die Lehrerin krank sei und sie frei habe.

Zuerst überlegte sie, ob sie wieder ins Bett gehen sollte, um noch ein wenig zu schlafen. Schliesslich war es noch stockdunkel draussen. Ihr Vater schlug ihr aber vor, nach Tromsø zu fahren, um ihr die Stadt zu zeigen. Dabei konnten sie auch gleich ein paar Besorgungen machen.

Eine halbe Stunde später sass sie auf dem Beifahrersitz und blickte in die dunkle Landschaft. Die Abgeschiedenheit hier oben machte ihr etwas Angst. In ihrer alten Heimat gab es kaum ein Fleckchen Erde, das nicht verbaut war. Man fühlte sich sicher in der Zivilisation, behütet im eigenen Haus, umgeben von anderen Häusern. Hier gab es fast nichts.

Hin und wieder tauchte ein Haus auf, so verlassen und einsam wie ihr eigenes. Gleichzeitig hatte diese Einsamkeit auch eine beruhigende Wirkung auf sie. Bis vor Mutters Tod genoss sie die Gesellschaft von anderen Leuten, die Vitalität der Stadt, die Geräusche. Doch dann veränderten sich ihre Vorlieben. Sie vermied Menschenansammlungen, traf kaum noch Freunde und bevorzugte die Ruhe.

Vielleicht hatte die Anonymität dieser Gegend doch etwas Gutes und würde ihr helfen, mit dem Verlust von Mama besser fertig zu werden.

Eine Stunde später erreichten sie die ersten Häuser von Tromsø. Ihr Vater hatte ihr auf der Fahrt erklärt, dass das eigentliche Tromsø auf einer Insel lag, die von beiden Seiten mit einer Brücke zugänglich war. Emily konnte nun eine dieser Brücken schon von weitem sehen. In einem weiten Bogen führte sie über das Meer. Sie hatten diese schon bei ihrer Ankunft hier vor ein paar Tagen überquert. Die Strassenlaternen liessen sie wie eine gigantische Perlenkette wirken. Am Horizont wurde es langsam hell und tränkte die Landschaft in eine bläuliche Farbe. Als sie über die Brücke fuhren, konnte sie zum ersten Mal einen genaueren Blick auf die Insel werfen. Über die ganze Länge der Insel erstreckte sich ein mit Bäumen bewachsener Hügelzug. Zahlreiche Häuser standen zwischen den Bäumen. Auch hier hatte fast jedes Haus ein Licht in den Fenstern, so dass der Hügelzug aussah, als hätte jemand eine Lichterkette darübergelegt. Sie fuhren am Flughafen vorbei und befanden sich plötzlich in einem Tunnel. Die Sicht war getrübt durch Staub und der Lärm war unangenehm. Nach ein paar Minuten endete der Tunnel unter einem Haus und sie befanden sich mitten im Zentrum von Tromsø. Emily war so überrascht, dass sie ihren Vater mit grossen Augen ansah. «Cool was?», sagte er und lächelte verschmitzt.

Emily nickte nur mit dem Kopf und beobachtete einen Mann, der mit umgeschnallten Langlaufskis auf dem Gehsteig durch die Stadt fuhr. Ihr Vater hielt plötzlich an, steuerte den Wagen in eine Parklücke und sie stiegen aus. Emily streifte sich ihre dicke Jacke über, setzte die Mütze auf und wickelte sich zusätzlich einen Wollschal um den Hals. Ihr Vater musste lachen. «Gehst du auf eine Expedition?»

«Bei dieser Kälte könnte man das annehmen.»

Er führte sie eine schmale Gasse hinunter bis sie die Fussgängerzone erreichten. Zu beiden Seiten lagen unzählige kleine Geschäfte. Emily blieb staunend stehen. Es war so viel anders als in ihrer alten Heimat. Die Häuser wirkten viel wärmer, viel einladender. Mit dem Schnee vor den Verkaufsläden und den warmen Lichtern in den Schaufenstern, fühlte sich sie sich wie in einem Weihnachtsfilm.

Vor dem Schaufenster eines Souvenirladens blieb sie stehen und begutachtete die ausgestellten Trolle.

«Gefallen sie dir?», fragte ihr Vater.

«Ja die sind toll.»

«Dann such dir einen aus!», sagte er lächelnd und drückte ihr einen Geldschein in die Hand. «Ich muss kurz in den Messerladen da drüben. Wenn du fertig bist, kommst du mich dort suchen ok?»

Emily nickte und verschwand mit dem Geld im Laden. Als sie fünf Minuten später den Laden mit einem kleinen Troll verliess, erspähte sie gegenüber einen Buchladen. Neugierig ging sie darauf zu und blieb vor dem Schaufenster stehen. Der Laden war von oben bis unten mit Büchern vollgestopft, doch Kunden waren keine zu sehen. Sie konnte nur eine Person hinter der Ladentheke ausmachen. Wahrscheinlich der Besitzer.

Verstohlen blickte sie zum Messerladen und sah ihren Vater, wie er mit dem Verkäufer über einem Messer gebeugt diskutierte. Das dürfte noch eine Weile dauern, dachte Emily und betrat den Buchladen. Der typische Geruch von alten Büchern schlug ihr entgegen und sie sog den Geruch in die Lunge. Sie liebte diesen Geruch. Er gab ihr ein Gefühl von Geborgenheit. Genauso hatte es immer im Wohnzimmer ihres Grossvaters gerochen.

Der Verkäufer blickte kurz auf, nickte einmal und steckte seinen Kopf wieder in ein Buch.

Emily streifte den Bücherregalen entlang und fuhr mit dem Finger über die Bücherrücken. Es hatte alle Sorten Bücher. Von alten bis ganz neuen und von Geschichtsbüchern bis zu den Werken Goethes. Als Emily am Verkaufstresen vorbeiging, blickte der Mann auf.

«Kann ich dir helfen Kleines?» Seine Stimme war tief und klar. Er sah schon alt aus, sein Gesicht war wettergegerbt und über der rechten Augenbraue hatte er eine Narbe, die aussah wie ein Pfeil. Die Haare waren schneeweiss und waren fein säuberlich nach hinten gekämmt. Emily fand, dass er mit seinem beigen Hemd und der braunen Weste hervorragend in einen Buchladen mit alten Büchern passte.

«Ich bewundere nur gerade ihren Laden», antwortete sie etwas schüchtern.

«Du hast gerne Bücher.»

Emily war nicht sicher, ob das als Frage oder als Feststellung gelten sollte.

«Ich liebe Bücher. Ich muss neue kaufen, ich bin erst hierhergezogen.»

«Woher kommst du denn?»

«Aus der Schweiz.»

Der alte Bücherwurm hob die Augenbrauen. «Was führt dich den in die Arktis?»

Emily hatte keine Lust über ihre verstorbene Mutter zu reden. Also sagte sie ihm, dass ihr Vater Norweger sei und wieder hier im Norden wohnen wollte. Der Mann nickte und stellte sich als Yorick vor und Emily nannte ihm den ihrigen.

«Wo wohnst du denn?»

«Im Skarsfjord.»

«Ah!», sagte er und hob die Augenbrauen. «Schöne Gegend da, nicht zu viele Leute was? Ich kenne jemand der dort wohnt. Loar heisst er.»

«Das ist unser Nachbar.»

«Ach wirklich?» Yorick sah sie fragend an. «Wohnt ihr etwa neben dem alten Haus der Halvorsens?»

Emily nickte überrascht.

Yorick beugte sich verschwörerisch über die Theke.

«Hast du schon von dem verschwundenen Mädchen gehört?», fragte er im Flüsterton.

Emily nickte abermals.

«Eine Geschichte, die einem das Grauen lehren könnte was?» Yorick schüttelte traurig den Kopf. «Niemand weiss, wohin das Mädchen verschwunden ist. Es ist ja nicht nur sie verschwunden, auch von Thore, ihrem Vater, hatte man nie mehr etwas gehört. Die Welt hat beide verschlungen. Ich meine, in unseren Breitengraden kann so etwas schon mal passieren. Wer hier lebt weiss, dass er nicht in Disneyland Zuhause ist. Aber mit dieser Familie war etwas seltsames geschehen.»

Sie schauten sich beide eine Weile an, ohne ein Wort zu sagen. Dann fragte Emily: «Woher kennst du eigentlich die Familie?»

Yorick schien erfreut zu sein, dass er weiterhin in seinem verschwörerischen Tonfall reden konnte.

«Ich wohne nicht weit von Skarsfjord. Die Gegend ist dünn

besiedelt, da kennt man die Leute. Zudem kam Freya, die Mutter von Mari, hin und wieder in meinen Laden.»

«Hast du denn eine Ahnung, was mit Mari passiert ist?», fragte Emily weiter.

Yorick seufzte leise. «Tja weisst du, man hat viele Geschichten gehört. Was an denen genau dran ist, kann ich nicht sagen. Tatsache ist aber, dass es sich um eine seltsame Familie gehandelt hatte. Zumindest Thore war eigenartig. Einmal habe ich gehört, dass Freya erkrankt war. Dies war wohl auch der Grund, warum man sie nicht mehr gesehen hatte. Aber ehrlich gesagt, niemand weiss wirklich, was vorgefallen war. Diese Spekulationen hatte ich sowieso nie gemocht. Jeder schien eine andere Geschichte zu haben, jede noch dramatischer als die vorhergehende.»

Yorick zuckte mit den Achseln, liess von der Theke ab und gönnte sich einen Schluck Kaffee.

«Ist das alles, was sie darüber wissen?»

«Wie gesagt, es gibt viele Theorien. Es macht aber keinen Sinn, darüber nachzudenken. Die einzigen die wissen was passiert ist, sind verschwunden. Ende der Geschichte.»

Emily spürte, dass nicht mehr aus ihm herauszukriegen war. Sie wandte sich wieder den Bücherrücken zu. Nachdem sie zehn Minuten später mit einer grossen Einkaufstüte und sieben Büchern den Laden verliess, sah sie ihren Vater, der vor dem Souvenirladen stand und nach ihr Ausschau hielt.

«Hier bist du, ich dachte schon, du seist verloren gegangen. Was hast du denn da in der Tüte?»

Emily erzählte ihm von Yorick und den Büchern, die sie gekauft hatte. Yoricks Erzählungen liess sie jedoch aus.

«Komm, lass uns in ein Café gehen. Ich kenne eines gleich am Hafen. Da gibt es hervorragende Süssigkeiten.»

Ein paar Minuten später sassen sie an einem Tisch am Fenster, tranken heissen Tee, assen Vanillegebäck und beobachteten die Passanten auf dem Marktplatz. Emilys Vater begann zu schmunzeln. «Schon lustig was? Da gibt es Leute die in Turnschuhen rumlaufen und die nackten Knöchel schauen hervor, andere tragen Schuhe die selbst für den Mond zu warm wären.»

Emily musste lachen. Gemeinsam beobachteten sie eine Gruppe Asiaten, die vor einem hölzernen Segelschiff am Hafen Fotos von sich schossen.

Ihr Vater schüttelte grinsend den Kopf. «Auf den Fotos sieht man nicht mal deren Gesichter. Die sind ja völlig in ihre Wollschals eingehüllt. Ich hoffe, die wissen hinterher noch was sie getragen haben, sonst können sie sich kaum voneinander unterscheiden.»

Beide lachten sie und scherzten noch eine Weile weiter.

«Weisst du was, in ein paar Minuten legt das Hurtigrutenschiff an. Wir könnten es uns von Innen ansehen was meinst du?»

«Da darf man einfach reinspazieren?»

«Klar, solange du wieder von Bord gehst bevor es ablegt.»

Emily wusste nicht, ob das wirklich so spassig sein sollte. «Ist es nicht einfach ein Schiff wie alle anderen auch?»

Ihr Vater schluckte den Rest des Tees hinunter. «Nein ganz und gar nicht. Dieses Schiff war früher mal ein Postschiff. So erhielten diese abgelegenen Gegenden ihre Post. Und es diente auch als Verbindung zu den anderen Städten. Heute ist es auch ein Touristenschiff.»

Emily überlegte kurz und willigte dann ein.

«Sehr schön. Ich geh zahlen, du kannst dich währenddessen mondfest anziehen.» Er zwinkerte ihr zu und lief in Richtung Ladentheke davon.

Emily schaute ihm hinterher, während sie den dicken Wollpullover überstreifte. Nach den unzähligen Streitereien der letzten Monate, war sie froh, dass er wieder gut gelaunt war. Seine Fröhlichkeit übertrug sich auf irgendeine Weise auch auf sie und sie spürte, wie die Last auf ihrem Herzen nicht mehr ganz so schwer wog, wie noch vor paar Tagen. Trotz der relativ kurzen Dauer, die sie jetzt hier oben sind, schien sich ihr Vater doch schon an das neue Leben gewohnt zu haben und zeigte dies auch. Er wirkte locker und nicht mehr so angespannt. Er redete viel mehr und hatte trotz fehlender Sonne wieder mehr Farbe im Gesicht.

Später auf dem Schiff erklärte er ihr die Geschichte Tromsøs und Erlebnisse aus seiner Jugend, die ihn bis heute geprägt hatten. Aufgewachsen war er in Hammerfest, da schien das Wetter noch verrückter zu sein als hier. Sommer gab es so gut wie keine, jedenfalls nicht solche wie sie sich gewohnt war. Selbst an vermeintlich warmen Tagen trugen die Leute Wollpullover und Mützen. Die Winter waren lang und schneereich und er erzählte, wie sich der Schnee nicht selten über den oberen Rand der Fenster auftürmte und sie diese freischaufeln mussten. Der Wind konnte da oben so stark sein, dass die Leute ihre Hunde beim Gassi gehen auf dem Arm tragen mussten. Emily musste lachen bei dem Gedanken.

«Jaja jetzt lachst du, aber so war das in meiner Kindheit.»

Während Emily ihrem Vater zuhörte wie er aus seiner Kindheit erzählte, fühlte sie eine Verbundenheit mit ihm, die sie bisher noch nie gespürt hatte. Sie war jetzt alleine mit ihm und erhielt seine volle Aufmerksamkeit. In der Schweiz war er dermassen mit Arbeit beschäftigt, dass vor allem Mama ihre Bezugsperson gewesen war. Natürlich hatte sie ihn immer geliebt, aber meistens hatte doch Mama mit ihr längere Gespräche geführt und dadurch verbrachte sie auch mehr Zeit mit ihr. Nun hatte sie die Möglichkeit, ihren Papa so kennenzulernen, wie sie Mama gekannt hatte. Es war eine neue Erfahrung für sie, wie so vieles in den letzten Tagen. Sie schöpfte Zuversicht, dass ihr Leben sich doch wieder in normale Bahnen lenkte und sie den Kopf frei kriegen würde, um mit Papa ein sorgenfreies Leben führen zu können.

Zwei Stunden später überquerten sie wieder die Brücke und fuhren auf der Küstenstrasse entlang zurück nach Skarsfjord.

Die weisse Gestalt

Nach dem Abendessen lag Emily auf ihrem Bett und las im
Tagebuch weiter.

25. November 1978

*Die letzten Wochen haben nichts Neues gebracht. Mutter öffnet kaum
noch ihre Augen. Sie sieht mich nicht mehr an. Wenn ich mich neben
sie lege, fühle ich ihre Hand, die kalt und trocken ist. Ich vermisse
die Wärme, die sie mir immer gegeben hatte. Die Geborgenheit, die
mich in den Schlaf begleitete. All das war verschwunden.*

*Mutter fragte mich plötzlich, ob ich ihr nicht helfen könnte, hinunter
zu unserem Felsen zu gelangen. Ich holte ihr also dicke Kleider, zog
sie an und versuchte, sie irgendwie aus dem Bett zu kriegen. Es war
mühsam und schmerzhaft für sie, doch sie schaffte es. Ich stützte sie
so gut ich konnte und gemeinsam gingen wir die Treppe hinunter. Es
dauerte fast fünf Minuten bis wir unten angelangt waren. Wir
schafften es auf die Veranda und dann hinunter in den Schnee.
Mutter setzte langsam einen Fuss vor den anderen und nach zwanzig
Minuten erreichten wir unseren Felsen. Wir setzten uns unten auf
einen Vorsprung und ich schmiegte mich an sie. Sie legte den Arm
um mich und hielt mich so fest sie noch konnte. Wir sagten beide
kein Wort, sondern genossen einfach den Moment. Nach einer Weile
schlief ich ein. Ich kann nicht mehr sagen wie lange ich weg gewesen
war, denn plötzlich fiel ich kopfvoran in den Schnee. Als ich mich*

wieder aufgerappelt hatte, lag Mutter zur Seite geneigt gegen den
Felsen und rührte sich nicht.

Emily blickte auf und schluckte schwer. Doch der Hals fühlte sich an
wie Sandpapier und sie musste einen Schluck Wasser zu sich
nehmen. Sie getraute sich kaum weiterzulesen. Die anfängliche
Müdigkeit war wie weggeblasen.
Ich ging zu Mutter und rüttelte an ihrer Schulter. Doch sie wollte
nicht aufwachen. Ich rüttelte energischer und sagte immer wieder
«Wach auf Mama, wach auf!» Doch sie kam nicht zu mir zurück. Die
Augen öffneten sich nicht mehr und die Atemwölkchen waren
verschwunden. Dann rannte ich weg. Weg von unserem Felsen, wo
sie mich alleine zurückgelassen hatte, weg von den Erinnerungen
und Träumen. Ich rannte den Berg hinauf, durch den hohen Schnee,
durch Büsche und Wälder, bis ich an eine Stelle gelangte, wo ich den
ganzen Fjord überblicken konnte. Dort liess ich mich in den Schnee
fallen und weinte mir den Schmerz von der Seele.

Emily liess das Buch sinken und starrte an die Decke. Sie fühlte sich,
als würde sie von einer schweren Last in die Matratze gedrückt. Wie
keine andere, konnte sie sich in Mari hineinversetzen. Fühlte ihren
Schmerz, die Hoffnungslosigkeit und die Leere, die alles
einzunehmen schien. Die Wochen und Monate nach Mutters Tod,
fühlten sich nun an wie ein riesiges Loch. Die Schule, ihre Freunde,
der Psychiater, alles erschien ihr wie die neblige Erinnerung an einen
Traum. Die Stunden die sie alleine in ihrem Zimmer verbracht hatte,
weinend und mit Mutters Sachen in den Armen, hatten ihr sämtliche

Energie geraubt. Die Frage nach dem Warum, hatte sie sich wohl etwa tausendmal am Tag gestellt. Eine Antwort darauf erhielt sie nie. Die vielen Versuche von Verwandten und Freunden, dem Geschehenen einen Sinn zu geben, waren ihrer Meinung nach kläglich gescheitert. Wenn es nach ihr ginge, konnten sie ihre Weisheiten alle für sich behalten. Wenn es einem schlecht geht, geht es einem nun halt mal schlecht. Da ändern ein paar halbherzig gemeinte Worte nicht viel.

Sie nahm das Buch wieder hoch und setzte mit der Lektüre fort.

30. November 1978

Die letzten zwei Wochen sind schlimm gewesen. Vater wollte Mutter hinter dem Haus begraben. Ich konnte ihn jedoch dazu überreden, dass wir sie unter dem Felsen unten am Strand begraben können. Widerwillig hatte er zugestimmt. Aus Holz fertigte ich ein kleines Kreuz und steckte es in die Erde.

Ich kann nicht beschreiben wie ich mich fühle. Die Leere in mir lähmt mich in meinen Bewegungen, in meinem Denken, sie hat die Überhand gewonnen. Vater ist fast nie mehr zu Hause. Ich glaube, er geht ins Dorf trinken. Sein Fischerfreund Einar holt ihn mehrmals pro Woche ab, und zusammen fahren sie dann weg. Wenn Vater danach zurückkommt, ist er immer betrunken. Aber er legt sich nicht schlafen, nein, er trinkt weiter. So oft es geht, verschwinde ich aus dem Haus.

Emily schaute plötzlich vom Tagebuch auf. Hatte da eben jemand ihren Namen geflüstert? Sie liess das Buch auf den Bauch sinken. Da war es wieder. «Emilyyy.»

Das klang nicht nach ihrem Vater, vielmehr klang es nach einer Mädchenstimme. Langsam kroch sie unter der Decke hervor und schaute sich genauer um. Woher kam dieses Flüstern? Sie bekam eine Gänsehaut. Vorsichtig beugte sie sich mit dem Oberkörper über den Bettrand und liess sich Zentimeter für Zentimeter nach unten gleiten, bis sie unters Bett blicken konnte. Nichts! Sie stemmte sich wieder zurück, und in diesem Moment hörte sie ihren Namen erneut. Ruckartig setzte sie sich auf. Dieses Mal hatte sie das Gefühl, dass es von draussen kam. Vor ihrem Fenster. Sie blickte hinaus.

Das Mondlicht war so klar wie Wasser und die Wasseroberfläche des Fjords glitzerte wie hunderte Glühwürmchen. Und dann sah sie die Quelle des Flüsterns. Unter ihrem Fenster stand ein Mädchen in einem weissen Nachthemd, kaum auszumachen in dem elfenbeinfarbenen Schnee. Emily starrte wie gebannt auf die Gestalt und wagte kaum zu atmen. War es das Mädchen, welches sie vor ein paar Tagen unten am Strand gesehen hatte? Aber woher sollte sie ihren Namen kennen?

Das Mädchen starrte zurück. Emily spürte auf einmal ihren Körper nicht mehr. Es war, als wäre er zu Stein geworden.

Dann hob das Mädchen jäh eine Hand und gab ihr ein Zeichen, dass sie zu ihr nach unten kommen solle. Ein Gefühl von Hitze und Kälte zugleich durchflutete ihren Körper. Sie war hin- und hergerissen und wusste nicht, was sie als Nächstes tun sollte. Sie fühlte ein unangenehmes Kräuseln im Nacken und auf der Kopfhaut.

Dann fing das Mädchen an zu lächeln. Emily entspannte sich ein wenig und spürte, dass ihre Hände krampfhaft die Bettdecke umklammert hielten. Erneut winkte ihr das Mädchen zu, auf ihrem Gesicht ein flehender Ausdruck.

Emily entfernte sich vom Fenster, blieb kurz am Bettrand sitzen und entschied sich dann, nach draussen zu gehen. Leise schlüpfte sie in ihre Kleider. Ihr Vater schlief bestimmt bereits, und sie wollte ihn unter keinen Umständen aufwecken. Er hätte sie nicht nach draussen gelassen, nicht um diese Zeit. Vorsichtig öffnete sie die Zimmertür und spähte in den Flur. Alles ruhig. Leises Schnarchen drang aus Vaters Schlafzimmer. Sie öffnete die Tür einen Spalt breit, huschte hindurch und stieg die Treppe hinab. Nachdem sie sich die Schuhe angezogen hatte, schloss sie die Haustür auf und stahl sich nach draussen. Das Verandalicht warf einen Lichtkegel in den Schnee. Eiskalte Luft empfing sie und nahm ihr fast den Atem. Man konnte die Kälte fast hören. Der Schnee glitzerte im Mondlicht und ihr Atem kondensierte sogleich zu einer dichten Atemwolke.

Niemand zu sehen. Zögerlich stieg sie die zwei Stufen hinunter und trat in den Schnee. Ihr Herz hämmerte so heftig, dass sie Angst hatte, es würde nächstens aus der Brust springen. Als sie auf die andere Seite des Hauses gelangte, war niemand zu sehen. Kein Mädchen weit und breit. Sie blickte zu ihrem Fenster hoch, dann wieder in den Schnee. Die einzigen Fussabdrücke stammten von ihr selbst. Das konnte doch nicht sein. Sie hatte doch nicht geträumt? Ängstlich schaute sie sich um. Dann hörte sie plötzlich wieder ihren Namen.

«Emilyyy.»

Das kam aus Richtung der Einfahrt. Sie folgte ihren Fussspuren zurück vors Haus. Und dann sah sie sie. Das Mädchen stand zitternd vor der Veranda. Ihr Nachthemd, auch wenn schmutzig, leuchtete im

Mondschein wie fluoreszierende Algen. Emily blieb wie angewurzelt stehen, sie wusste nicht ob sie träumte oder tatsächlich ein Mädchen im dünnen Nachthemd dastehen sah. Sie hatte zerzauste, blonde Haare. Die Lippen waren blau angelaufen und sie trug keine Schuhe. Mit angezogenen Schultern stand sie da, und man konnte ihre Zähne klappern hören. Sie sah aus wie ein Gespenst. Emily stockte der Atem. Sie spürte wie ihre Knie weich wurden. Sie wollte wegrennen, doch die Beine gehorchten ihr nicht.

«W-wer bist du?», brachte Emily schliesslich stotternd über ihre Lippen.

Das Mädchen antwortete nicht. Stattdessen blickte sie zum Nachbarhaus hinüber, dann wieder zurück zu Emily. Das Lächeln wich einem traurigen Gesichtsausdruck. Emily hatte noch nie in ihrem Leben so Angst gehabt.

Sie wünschte sich sie wäre jetzt oben unter der Decke. Oder noch besser, sie wollte aus diesem Albtraum aufwachen.

Dann drehte sich das Mädchen plötzlich um und lief davon.

Einen Moment lang war Emily wie gelähmt. Ihre Gedanken schlugen Purzelbäume und sie kämpfte mit der Entscheidung, ihr hinterher zu rennen oder ins Haus zu flüchten.

Trotz lähmender Angst entschied sie sich für Ersteres. Sie rannte ihr hinterher. Im tiefen Schnee kam sie jedoch kaum vorwärts. Sie hatte nur dünne Pyjamahosen an und die Kälte schien die Beine zu lähmen. Sie wunderte sich, wieso das Mädchen so schnell laufen konnte. Das war doch nicht möglich! Vor allem trug sie nur ein Nachthemd, sie müsste bei der Kälte umkommen.

Dann sah sie gerade noch die Gestalt, wie sie hinter ein paar Büschen verschwand und nicht mehr auftauchte. Emily folgte ihr so gut es ging, bog um dieselben Büsche und blieb stehen. Das Mädchen war nirgends mehr zu sehen. Erneut suchte sie vergeblich nach Fussspuren. Ungefähr hundert Meter weiter oben begann der Wald, aber so schnell konnte sie doch den Wald nicht erreicht haben?

Verwirrt blickte Emily um sich. Sie überlegte, ob sie in den Wald gehen sollte. Doch bei dem Gedanken, alleine und ohne Taschenlampe in einem Wald herumzuirren, wurde ihr ganz mulmig zumute. Das würde sie definitiv nicht tun. Sie drehte sich etwas unschlüssig um und folgte ihren Spuren zurück zum Haus. Immer wieder blickte sie sich ängstlich um. Als sie die Haustür erreicht hatte, ging sie nicht gleich ins Haus. Sie setzte sich auf einen Verandastuhl, legte sich eine Decke über die Beine und hoffte, dass das Mädchen nochmals auftauchte. Wer zum Teufel konnte das nur gewesen sein?

Dann fiel ihr Loars Geschichte über den Jungen im Schneesturm ein. Ihre Augen wanderten zum Nachbarhaus. Dunkel und verfallen stand es da, in seinem Innern Geheimnisse, die wohl bis jetzt nie das Tageslicht gesehen hatten. Ein Mädchen in einem weissen Nachthemd, das keine Spuren im Schnee hinterliess und so schnell rennen konnte, dass sie kaum mit ihren Augen hatte folgen können. Unweigerlich kam ihr Mari in den Sinn. Doch das war schlichtweg nicht möglich. Das Mädchen konnte unmöglich noch in diesem Haus wohnen. Sie hätte schon längst tot sein müssen.

Auf einmal bemerkte sie, dass sie am ganzen Körper zitterte. Ihr war eiskalt. Sie musste ans Warme. Sie wagte einen letzten Blick auf die Umgebung und begab sich zurück ins Haus.

Als sie wieder im Bett lag und nach einer Viertelstunde immer noch vor Kälte und Angst zitterte, musste sie sich eingestehen, dass an Schlaf nicht mehr zu denken war. Hundert Dinge gingen ihr durch den Kopf und ihr wurde schwindlig. Sie schloss die Augen. Der Anblick des Mädchens hatte sich in ihre Netzhaut gebrannt.

Emily fragte sich, ob sie das Erlebte Loar erzählen sollte. Schliesslich hatte er eine ähnliche Begegnung gehabt als Kind. Doch irgendwie fühlte sie sich auch unwohl bei der Sache. Gut möglich, dass er dachte, sie hätte die Geschichte nur erfunden. Vor allem so kurz nach Tarjas Schilderungen.

Mit einem tiefen Seufzer zog sie die Bettdecke bis unter die Nasenspitze und suchte vergeblich nach dem Schlaf, der sich für diese Nacht aus ihrem Bett davongeschlichen hatte.

~

Sie beobachtete durch ein Fenster im Untergeschoss, wie das braunhaarige Mädchen ihrem Vater eine Gutenacht wünschte und über die Treppe nach oben stieg. Sie konnte sich kaum erinnern, wann ihr das letzte Mal jemand Gutenacht gewünscht hatte. Es war schon zu lange her.

Traurig liess sie vom Fenster ab, umrundete das Haus und hielt vor einem beleuchteten Fenster inne. Sie sah wie das Mädchen im

Zimmer hin und her ging, und sich schlussendlich ins Bett legte. Sie sehnte sich nach der Wärme eines Bettes, der sanften Berührung der Bettdecke und dem Licht der Nachttischlampe. Am meisten vermisste sie jedoch die Geborgenheit des Hauses, wenn draussen der Wind heulte und Schneevorhänge vor sich hintrieb und das lodernde Kaminfeuer wie ein Herz dem Haus Leben einhauchte. Jetzt war ihr Kamin seit Jahren kalt und niemanden der ihm wieder zu seiner ursprünglichen Bestimmung zurückverhalf. Der Puls des Hauses war erstarrt und die Wände kalt wie Stein.

Das Mädchen fühlte, dass es nun an der Zeit war, Emily um Hilfe zu bitten. Doch sie wusste, dass sie das enorme Kraft kosten würde. Sie konnte nicht einfach in ihr Zimmer spazieren und sie bitten, mit ihr mitzukommen. Das würde nicht funktionieren. Und wenn Emily sich so ängstigte, dass sie sie nicht sehen *wollte*, dann war sowieso alles verloren. Sie musste sie fühlen lassen, dass ihr nichts geschehen konnte.

Sie atmete tief ein, konzentrierte ihre Energie auf das Fenster – und rief Emilys Namen.

Angst

Die nächsten drei Tage war Emily mit Schularbeiten beschäftigt, und konnte Loar deshalb keine weiteren Besuche abstatten. Müssig sass sie jeden Abend im Wohnzimmer und brütete über Rechenaufgaben, Englischverben oder Geographiebüchern. Am Ende jeder Lerneinheit war sie so müde, dass sie nicht mal mehr in dem Tagebuch lesen mochte. Kaum lag sie im Bett, fielen ihr die Augenlider wie bleierne Tore zu. Selbst die Erscheinung des Mädchens kam ihr inzwischen vor, als wäre alles nur ein komischer Traum gewesen. Die Dunkelheit, die hier oben zurzeit fast den ganzen Tag dauerte, machte die Sache nicht einfacher und spielte dem Hirn Streiche. Ihr Körper vermittelte ihr den ganzen Tag das Gefühl, als wäre Schlafenszeit.

Am dritten Abend, Emily war gerade in einem Geschichtsbuch vertieft, rief ihr Vater nach ihr. Er stand vor dem Haus und zeigte in den Himmel. Zwei grüne Lichtbänder zogen sich über den Himmel und verloren sich hinter dem Berg.

«Nordlichter», sagte ihr Vater als sie vor die Türe trat und zeigte in den Himmel.

Die grünen Schleier wechselten ihre Form in Sekundenschnelle, und die Farben waren mal grün, dann wieder violett und teilweise auch wenig rötlich. Emily wusste nicht mehr wo sie hingucken sollte. Der ganze Fjord war hell erleuchtet. Der Berg hinter ihrem Haus erstrahlte in Grün, und ihr lief eine Träne über die Wange. Ihr Vater umarmte sie und zusammen bestaunten sie das Farbenspiel am Himmel.

«Ich hatte fast vergessen wie schön das ist.», sagte ihr Vater mehr zu sich als zu Emily.

Emily selber war sprachlos. Noch nie hatte sie so etwas bezauberndes gesehen. Sie spürte eine Flutwelle an Gefühlen über sich hereinbrechen. Sie fühlte sich in dem Moment so glücklich wie noch nie zuvor, aber gleichzeitig kam sie sich auch enorm klein vor. Sie spürte eine seltsame Kraft, die von diesen Lichtern ausging. Als würde sie mit neuer Energie aufgeladen. Die Lichter zogen einem in eine andere Dimension, man vergass die Zeit und die Umgebung, man verschmolz mit ihnen, kam kaum noch davon ab.

Als die Lichter etwas abebbten fand sie ihre Sprache wieder.

«Wie entstehen Nordlichter?», fragte sie.

Ihr Vater räusperte sich und erläuterte ihr in knappen Worten, die wissenschaftliche Betrachtung der Nordlichter.

«Früher jedoch, als ich selbst noch ein Kind war, glaubten viele Menschen hier oben, dass es sich um böse Geister handelt, die einem zu sich holen. Oder dass es sich um Reflektionen von Heringsschwärmen aus dem Meer handelt. Meine Grossmutter setzte keinen Fuss vors Haus, wenn draussen die Lichter zu sehen war. Sie hatte eine Heidenangst gehabt.»

Emily fand, dass die Mythen rund um die Lichter schöner klangen als die trockene, wissenschaftliche Erklärung von Elektronen und Sonnenstürmen. Tief in ihrem Innern dachte sie an Mama und sah in der Himmelserscheinung ein Zeichen von ihr. Ein Zeichen, dass es ihr gut ging und sie sich keine Sorgen um sie zu machen brauchte. Inzwischen war der Himmel von einem grünlichen Dunst bedeckt. Die wabernden Bänder waren verschwunden. Auf einmal spürte sie die Kälte die Beine hinaufkriechen. Sie trug nur dünne Trainingshosen.

Ihr Vater tätschelte ihren Kopf und meinte: «Komm, du erfrierst hier draussen noch! Lass uns reingehen!»

Um neun Uhr drückte Emily ihrem Vater einen Gutenachtkuss auf die Wange und begab sich in ihr Zimmer. Sie hatte nur noch eines im Kopf, das Tagebuch lesen. Nach dem Energieschub von eben, fühlte sie sich wach genug, um zu Mari zurückzukehren. Nachdem sie die Zähne geputzt, das Pyjama übergestreift hatte und unter die Decke geschlüpft war, zog sie das Tagebuch unter dem Kopfkissen hervor und schlug es auf.

1.Dezember 1978

Gestern Vormittag hatte ich einen Entschluss gefasst. Ich musste von hier fort. Ich hatte zwar keine Ahnung wohin ich sollte, aber hierbleiben war definitiv die schlechtere Option. Ob ich hier zu Grunde gehe oder unterwegs, spielte auch keine Rolle mehr. Die Chance auf ein besseres Leben, weit weg von Vater, stand sicher besser als hier.

Gestern Abend, Vater war wieder mit Einar auf Sauftour, durchsuchte ich die Küche nach Essbarem und belud damit meinen Rucksack. Den Schlafsack packte ich oben auf den Rucksack. Schlafen wollte ich in Scheunen. Früher hatte ich das oft mit Vater gemacht, wenn wir auf der Jagd waren. Doch das kommt mir jetzt vor, als wäre das in einem anderen Leben gewesen.

Gestern Abend ging ich zeitig ins Bett, ich wollte früh raus, wenn Vater noch schlief. Aber viel geschlafen hatte ich nicht. Meine

Gedanken spielten verrückt und ich war nervös und verängstigt. So
stand ich gegen fünf Uhr in der Früh auf und verliess das Haus.
Bevor ich mein Zuhause verliess, ging ich runter zu Mutters Grab
und verabschiedete mich. Ich versprach ihr, dass ich zurückkommen
werde, um bei ihr zu sein.
Danach verliess ich meine Geburtsstätte und den Ort, an dem ich
Himmel und Hölle erlebt hatte.
Ich folgte der Strasse, die aus dem Fjord hinausführte. Es war
dunkel und schneite ganz leicht. Eine Taschenlampe brauchte ich
aber nicht, es war hell genug. Ich kam an einigen Häusern vorbei,
die Aussenbeleuchtung und die Lichter in den Fenstern spendeten
mir ein wenig Trost, und ich kam mir nicht ganz so verloren vor.
Nach einer Stunde kam mir ein Auto entgegen, das Fernlicht
blendete mich und ich kniff die Augen zusammen. Als der Wagen an
mir vorbei war, hörte ich wie es stark abbremste. Ich blieb stehen
und schaute nach hinten. Das Auto fuhr plötzlich rückwärts und kam
neben mir zum Stehen. Das Beifahrerfenster wurde
heruntergekurbelt und zum Vorschein kam Einars blasses,
aufgedunsenes Gesicht. Ich hatte einen solchen Schreck, dass ich
mich wie gelähmt gefühlt hatte. Einar betrachtete mich von oben bis
unten, warf einen Blick auf meinen Rucksack und fragte mich dann,
wo ich um diese Zeit hinwollte. Ausser einem Stottern brachte ich
nichts heraus. Dann stieg Einar aus und bäumte sich vor mir auf. Ich
blickte an ihm hoch und begann zu zittern. Ich hatte das Gefühl, als
würde sein Blick direkt in meine Gedanken schauen. Fast schon
hörte ich mich selber, wie ich ihm meine Fluchtpläne preisgab und
an sein Mitgefühl appellierte. Dann packte er mich am Jackenkragen

und fragte mich, ob ich weglaufe. Ich brach in Tränen aus und das nächste, an was ich mich erinnere, war, dass ich auf dem Beifahrersitz sass. Er stieg ein und brauste mit einem halsbrecherischen Tempo los. Inständig hoffte ich, dass der Wagen von der Strasse abkam und in einen Telefonmast raste und uns beide auf der Stelle tötete. Das würde immerhin schneller gehen als das, was mir jetzt zu Hause bei meinem Vater blühte.

Als wir vor unserer Tür standen, Einars schwere Hand auf meiner Schulter lastend, verlor ich sämtlichen Überlebenswillen. Die Tür öffnete sich und mein betrunkener Vater stand vor uns, nur in Unterhose und einem zerrissenen T-Shirt. Was danach geschah, schreibe ich nicht in dieses Büchlein.

Dann war der Eintrag zu Ende. Emily legte das Buch zur Seite und fühlte sich, als wäre sie von einer Lawine erdrückt worden. Ihre Augen brannten und das Herz schlug ihr bis zum Hals. Sie fühlte eine Übelkeit in sich aufsteigen und rannte ins Bad. Dort übergab sie sich und blieb danach neben der Toilette am Boden sitzen. Sie hörte ihren Vater die Treppen hinaufrennen und ins Badezimmer stürzen.

«Mensch Emily, was ist denn los?», fragte er atemlos.

«Mir war eben übel, weiss auch nicht wieso», antwortete Emily mit belegter Stimme.

«Komm, du musst aufstehen, sonst erkältest du dich.» Emily liess sich von ihm ins Bett bringen. Im Halbschlaf bekam sie mit, dass ihr Vater ihr einen kühlen Lappen auf die Stirn legte und ein Glas Wasser auf die Nachtkommode stellte. Dann wurde es schwarz.

Bettruhe

Am darauffolgenden Morgen erwachte Emily schweissgebadet. Sie fühlte sich elend. Die Beine waren schwer wie Blei und sie hatte starke Kopfschmerzen. Ihr Vater erschien mit einem Fieberthermometer und deklarierte kurze Zeit später, dass sie zu Hause bleiben könne und nicht zur Schule müsse.

Emily war erleichtert. Sie rieb sich den Schlaf aus den Augen und öffnete das Fenster einen Spaltbreit. Die hereinströmende, kühle Luft holte ihre Sinne aus dem Tiefschlaf. Sie war die ganze Nacht von schlimmen Träumen verfolgt worden, und sie hatte das Gefühl, als hätte sie keine Sekunde geschlafen. Ihr Mund fühlte sich an wie eine Wüste. Sie nahm einen Schluck aus dem Wasserglas und liess das kühle Nass die verdorrte Kehle hinunterrinnen.

Dann dachte sie an das Tagebuch. Hoffentlich hat ihr Vater es nicht gefunden und darin zu lesen begonnen. Doch sie fand es unter der Decke, er hatte es nicht gesehen.

«Kann ich dir noch was bringen?», fragte er, als er mit einer Tasse Tee ins Zimmer kam.

«Nein danke, ich werde noch ein wenig schlafen, ich bin so müde!»

«Na schön, sonst rufst du mich, ok? Ich lass dir das Telefon hier. Wenn du mich brauchst, rufst du mich auf dem Handy an. Ich bin in der Werkstatt am Arbeiten.» Er sah sie mit hochgezogenen Augenbrauen an und schien zu warten, ob sie seine Anweisungen verstanden hatte.

«In Ordnung. Mach dir keine Sorgen, ich werde es überleben.»

Emily lächelte matt und schaute ihren Vater aus kleinen

Schlitzaugen an.

«Gut, dann lass ich dich jetzt schlafen. Werde schnell wieder gesund!»

Er gab ihr einen Kuss auf die Stirn und verliess das Zimmer. Kurze Zeit später vernahm sie Geräusche von Kreissägen und Hobelmaschinen.

Emily blickte zur Decke. Sie wusste nicht, ob sie in dem Buch weiterlesen oder einfach schlafen sollte. Die Geschichte schien sie krank zu machen. Das Beste wäre wohl, wenn sie das Buch weit weglegte und es nie wieder zu Gesicht bekäme. Aber sie wusste schon bevor sie den Gedanken zu Ende gedacht hatte, dass sie diesem Vorhaben sowieso nicht Folge leisten würde.

Sie kramte nach dem Tagebuch und schlug es auf.

3. Dezember 1978

Seit zwei Tagen bin ich in meinem Zimmer eingeschlossen. Mein Vater sagte, dies sei die Bestrafung für kleine Mädchen, die von zu Hause abhauen wollen. Immerhin kriege ich zweimal am Tag eine kleine Mahlzeit. Doch es genügt kaum, um meinen Hunger zu stillen. Gestern Abend erhielt ich ein Stück hartes Brot und einen Streifen getrockneten Fisch. Heute Morgen ein weiteres Stück Brot von demselben trockenen Laib. Mein Magen knurrt den ganzen Tag und ich fühle mich kraftlos.

Vater hat mein Fenster von aussen mit Brettern vernagelt. Ich bin in einem Gefängnis. Mehr denn je vermisse ich Mutter, und ich ertappe mich jeden Tag dabei, wie ich zwischen den Brettern hindurchschaue und darauf hoffe, dass sie auf unserem Felsen sitzt und auf mich

wartet. Doch alles hoffen ist vergeblich, ich bin alleine, und ich habe
keine Ahnung, was aus mir werden soll.
Die Tage vergehen schleppend langsam und allmählich suche ich
nach einem neuen Plan. An Flucht war nicht mehr zu denken. Ich
kam nicht aus dem Zimmer raus. Die einzige Möglichkeit sehe ich
noch, wenn ich mich hinter der Tür verstecke und in dem Moment
fliehe, wenn Vater das Zimmer betritt. Ich kann nur hoffen, dass er
betrunken genug ist, damit er mir nicht nachrennen kann.
Die Situation ist hoffnungslos, doch ich gebe nicht auf. Meine Mutter
hätte nicht gewollt, dass ich aufgebe. Ich werde hier rauskommen
und sie nicht enttäuschen.

Emily fühlte die Lider schwer werden, und ihr Kopf pochte immer
noch im Rhythmus des Herzschlages. Sie legte das Buch zwischen
Matratze und Wand und schloss die Augen. Es dauerte nicht lange
und sie schlief ein.
Als sie vier Stunden später aufwachte, stand ihr Vater neben dem
Bett. In den Händen hielt er ein Tablett mit einer dampfenden
Schüssel.
«Du musst was essen Emily! Ich habe dir eine Gemüsebouillon
gekocht.»
«Danke Papa.» Sie setzte sich auf.
«Einfach schön langsam, das wird schon wieder. Brauchst du sonst
noch was?», fragte er und berührte ihre Stirn, um nach der
Temperatur zu fühlen. «Mmh, das Fieber scheint weg zu sein,
immerhin. Wenn du alleine klarkommst, gehe ich wieder in meine
Werkstatt, du weisst ja, wie du mich erreichen kannst.»

Emily nickte. Nachdem ihr Vater sich verabschiedet hatte, nahm sie das Tablett ins Bett und begann die Suppe zu löffeln.

Währenddem sie die heisse Flüssigkeit die Kehle runterlaufen liess, gingen ihre Gedanken zurück zu Mari. Sie wünschte sich, dass dieses Buch einfach eine Geschichte wäre. Die erfundene Geschichte eines Schriftstellers, welcher durch seine Happy Ends berühmt geworden ist. Doch stattdessen wurde die Geschichte mit jeder Seite trauriger und hoffnungsloser.

In diesem Moment zerstäubte ein Schneeball an Emilys Fenster. Sie liess vor Schreck den Löffel fallen.

Sie stellte das Tablett auf die Nachtkommode und schaute aus dem Fenster. Niemand zu sehen. Also öffnete sie es und blickte nach unten, doch auch da war niemand zu sehen. Verblüfft lehnte sie sich hinaus und blickte in alle Richtungen. Dann nahm sie eine Bewegung aus ihren Augenwinkeln wahr. Sie wandte ihren Kopf und erschrak. Ihr Magen krampfte sich zusammen. Wie aus dem Nichts hatte sich aus dem Schnee eine Gestalt geschält, die Gestalt des Mädchens von vorletzter Nacht, in ihrem weissen Nachthemd und ohne Schuhe.

Emily getraute sich kaum zu atmen. Wie gelähmt blickte sie das Mädchen an, das Mädchen blickte zurück. Die Zeit schien still zu stehen und Emily fühlte wie die Kälte unter die Decke kroch. Dann streckte das Mädchen die Hand aus und winkte Emily zu sich. Genau wie beim letzten Mal.

Emily schluckte schwer.

Das Mädchen winkte erneut. Dann drehte sie sich um und entfernte sich langsamen Schrittes vom Haus. Dabei blickte sie die ganze Zeit über die Schulter zu Emily hoch.

Emily liess vom Fenster ab, streifte sich eine Hose und einen dicken Wollpullover über und rannte die Treppe hinunter.

Zögernd trat sie vor die Haustür. Nur wenige Meter vor der Veranda sah sie das Mädchen stehen.

Emily blieb unentschlossen stehen. Sie fühlte, dass ihre Beine sie zurück ins Haus drängten, doch der Verstand trieb sie in die entgegengesetzte Richtung. Schliesslich siegte der Verstand und sie trat vors Haus. Dort blieb sie nochmals stehen, überlegte ob sie das Richtige tat und ging dann zögernd auf das Mädchen zu. Ihr Körper war angespannt wie eine Gitarrenseite.

Das Mädchen streckte plötzlich die Hand nach Emily aus. Diese blieb erschrocken stehen. Dann lächelte das Mädchen ihr zu und Emily fühlte, wie die Anspannung von ihr abfiel. Sie konnte sie nun von Nahem sehen. Sie war bleich, die blonden Haare waren teilweise mit Schmutz verschmiert und das Gesicht war an einigen Stellen zerkratzt. Sie war nicht sehr gross, vielleicht ein Kopf kleiner als sie. Ihre Lippen waren blau verfärbt. Was ihr aber als erstes aufgefallen war, waren die grünen Augen. Sie strahlten Leben aus und Emily verlor sich in ihrem Blick. Diese Augen – genauso hatte Loar Mari beschrieben. Sie versuchte, sich Maris Gesicht vom Familienfoto ins Gedächtnis zu rufen. Konnte es wirklich sein?

Das Mädchen nahm plötzlich Emilys Hand und begann sie fortzuführen. Die Hand fühlte sich eiskalt an.

«Du bist ja am Erfrieren!», getraute sich Emily schliesslich zu sagen. Das Mädchen blickte sie nicht an, sondern nickte nur zwei Mal mit dem Kopf.

«Na, dann komm doch ins Haus, dort kannst du dich aufwärmen!»

Sie schüttelte energisch den Kopf.

«Aber du holst dir hier den Tod!»

Keine Reaktion. Emily blieb stehen und hielt das Mädchen an der Hand fest.

«Ist dein Name Mari?», fragte Emily in Flüsterton.

Das Mädchen wandte langsam den Kopf und sah sie aus ihren grünen Augen traurig an. Es vergingen ein paar Sekunden, die Emily wie eine Ewigkeit vorkamen. Dann nickte das Mädchen.

Emily hielt die freie Hand fassungslos vor ihren Mund. «Dann habe ich *dich* unten am Felsen gesehen?»

Mari antwortete nicht, sondern zog sie an der Hand weiter.

Zusammen gingen sie durch den Schnee in Richtung Wald. Mari hinterliess keine Spuren im Schnee, sie schien über den Schnee zu gleiten, als wäre sie eine Feder. Emily wusste aus gesundem Menschenverstand, dass sie vor Angst hätte schreien müssen. Komischerweise fühlte sie aber in diesem Moment keine Furcht. Mari bereitete ihr keine Angst, eher ein Gefühl von Mitleid. Doch langsam begann sie an ihrem eigenen Verstand zu zweifeln und wusste nicht, ob dies überhaupt alles gerade passierte. Vielleicht lag sie ja in ihrem Bett und hatte Fieberträume. Sie würde bald aufwachen und feststellen, dass alles nur die Ausgeburt ihrer Fantasie gewesen war. Doch es fühlte sich alles viel zu lebhaft an.

Sie erreichten den Waldrand. Emily blickte zurück zum Haus, doch von Vater war nichts zu sehen. Er war im Schopf neben dem Haus am Arbeiten.

Stumm gingen sie nebeneinander her, wichen grossen Wurzeln oder herunterhängenden Ästen aus und bahnten sich einen Weg durch den hohen Schnee den Berg hinauf. Emily fragte sich, wo Mari sie hinführen wollte. Trotz allem beschlich sie jetzt ein komisches Gefühl. Aber kaum hatte diese Empfindung eingesetzt, drückte Mari ihre Hand etwas fester und die Beklemmung verliess ihren Körper so schnell, wie sie aufgetaucht war.

Nach einer Weile erreichten sie den oberen Waldrand. Vor ihnen lag eine weisse Fläche, die sich bis hin zum Berggipfel erstreckte.

Mari blieb stehen. Emily wartete gespannt, was als Nächstes geschah. Doch Mari bewegte sich nicht, sondern blickte starr den Berg hinauf.

Emily konnte sich nun nicht länger zurückhalten. «Ich habe dein Tagebuch gefunden.»

Mari blickte sie an und nickte. «Ich weiss», kam es im Flüsterton zurück.

Zum ersten Mal sprach Mari. Emily war so überrascht, dass sie sich fast verschluckte. «Ich habe *auch* meine Mutter verloren», flüsterte sie schliesslich zurück.

Mari schaute sie mit grossen Augen an. Dann rollte eine dicke Träne über ihre Wangen und Emily schnürte es das Herz zu. Ihr Hals fühlte sich an, als versuchte sie einen ganzen Apfel aufs Mal herunterzuwürgen.

«Sie ist an Krebs gestorben, wie deine Mutter.», brachte sie schliesslich heraus.

Mari nickte wieder stumm, und ihr Augen wanderten über die weisse Fläche.

«Du musst mich nach Hause bringen!», sagte Mari.

«Nach Hause? Du meinst in dein Haus?»

In diesem Moment liess Mari Emilys Hand los und rannte in den Wald davon. Emily wusste nicht wie ihr geschah. Verdutzt blieb sie ein paar Sekunden reglos stehen. Als sie sich wieder gefangen hatte, rannte sie Mari hinterher. Doch Mari war verschwunden. Emily blieb kurz stehen und schrie ihren Namen in den Wald.

Keine Antwort.

Verzweifelt blickte Emily um sich, doch ausser schneebedeckter Bäume konnte sie nichts sehen. Dann vernahm sie plötzlich ein Rufen. Jemand rief ihren Namen. Es war aber nicht Maris Stimme, es war die Stimme ihres Vaters.

Emily stieg den Hügel hinab und kam unten aus dem Wald heraus. Dann sah sie ihren Vater vor dem Haus stehen, die Hände in die Hüfte gestemmt.

~

Der Schneeball traf das Fenster und erreichte den gewünschten Effekt. Emily blickte aus dem Fenster.

Mari wusste, dass sie Emilys Vertrauen gewinnen musste. Es hing alles davon ab.

Abermals fühlte sie die ungeheure Anstrengung, die sie aufbringen musste, um sich Emily zu zeigen. Es war, als würde sie gegen eine Mauer rennen und versuchen, diese wegzustossen.

Es gelang ihr schliesslich, Emily zuzuwinken und ihr ein Gefühl von Vertrauen einzuflössen. Sie setzte ihre ganze Willenskraft ein und konnte sie dazu bewegen, sich nach unten zu ihr zu begeben.

Jetzt, als Emily vor ihr stand und sie von oben bis unten ungläubig betrachtete, wusste sie, dass das lange Warten ein Ende hatte.

Sie fühlte, dass Emily enorme Angst hatte. Sie musste sie beruhigen. Also nahm sie ihre Hand und drückte sie sanft.

Emily schien zu verstehen, wer sie vor sich hatte. Ihr Plan hatte also funktioniert.

Mari fühlte, dass ihre Kraft langsam nachliess, doch sie gab nicht auf. Sie zog Emily den Berg hinauf. Das Reden kostete sie zusätzlich Energie.

Dann, als sie schon fast am Ziel angelangt waren, konnte sie Emilys Hand nicht mehr länger festhalten. Sie spürte wie sie die Verbindung verlor, so als würde man sich mit einem Finger über einem Abgrund vor dem Absturz festklammern, die Kraft liess nach und der Körper versagt seine Dienste. Man lässt los und fällt.

Sehnsucht

Nachdem ihr Vater ihr eine Schelte verpasst hatte, ging sie missmutig zurück in ihr Zimmer. Das soeben Erlebte lag schwer auf ihrem Gemüt. Sie warf sich aufs Bett und starrte an die Decke. Das konnte doch unmöglich wahr sein! So was gibt es in unserer Welt nicht!

Wieder dachte sie an Loars Geschichte. Wenn ihr jetzt jemand helfen konnte, war er es. Sie musste es ihm einfach erzählen.

Seufzend schloss sie die Augen und schlief augenblicklich ein.

Am nächsten Tag fühlte sie sich wieder besser. Ihr Vater schickte sie zur Schule. Nach einem anstrengenden Tag sass sie im Bus zurück nach Hause und schaute aus dem Fenster. Karla war nicht im Bus, sie wurde von ihren Eltern abgeholt, und sie fuhren Richtung Tromsø davon.

Zu Hause warf Emily den Rucksack in den Eingang und ging in die Werkstatt. Ihr Vater stellte die Maschine ab und wollte wissen, wie es in der Schule war. Emily erzählte nur das Nötigste und liess ihn dann wissen, dass sie zu Loar hinübergehe.

Als sie am Haus von Mari vorüberging, warf sie einen knappen Blick auf das alte Gemäuer. Jetzt getraute sie sich kaum noch, das Haus zu betreten. In der Dunkelheit der Polarnacht wirkte es bedrohlich und nach allem, was sie über die Geschehnisse innerhalb dieser Wände gelesen hatte, fühlte sie sich unwohl.

Es begann leicht zu schneien, als sie sich Loars Haus näherte. Sie klingelte an der Tür und wenige Sekunden später stand Loar vor ihr.

«Hallo Emily.»

«Hallo Loar. Ich ähh… ich muss dir etwas erzählen.»

«Na dann komm mal rein.»

Loar verschwand in die Küche und Emily streifte durchs Wohnzimmer. Im Kamin brannte ein kleines Feuer und der Fernseher lief. Sie fand es immer aufregend, im Haus älterer Leute auf Entdeckungsreise zu gehen. Oft begegnete man Gegenständen, die in der heutigen Zeit nicht mehr zu kaufen waren.

Gegenüber vom Kamin stand ein grosses Bücherregal, von oben bis unten mit schönen Büchern vollgestopft. Mit dem Zeigefinger strich sie den Bücherrücken entlang. Die meisten Titel waren auf Norwegisch. Es gab aber auch ein paar Deutsche und Englische. Die Bücher mussten Jahrzehnte alt sein.

Neben dem Bücherregal hingen zahlreiche, gerahmte Fotos. Auf dem einen war er mit einer älteren Dame abgelichtet. Sie standen auf einem Felsen und hielten sich in den Armen. Das musste seine Frau sein! Auf dem nächsten Foto waren zwei junge Männer zu sehen, die in Skimontur in die Kamera lächelten. Wohl die Kinder der beiden! Daneben waren noch einige weitere Familienfotos.

Sie ging weiter zu einem Schrank, in dem Gewehre ausgestellt waren. Vor dem Kamin blieb sie stehen. Auf dem Kaminsims erkannte sie das Bild von Freya, die Mari in den Armen hielt. Emily betrachtete das Bild eingehend. Mari schien hier noch jünger zu sein. Jedenfalls kleiner als *die* Mari, die sie gestern gesehen hatte, oder zu sehen *geglaubt* hatte.

Das Scheppern einer Tasse liess Emily aus ihren Gedankengängen aufschrecken.

«So, hier ist dein Kakao», sagte Loar und stellte die Tasse auf einen Beistelltisch.

Emily nahm gleich einen Schluck und wischte sich den Mund mit der Hand ab.

Loar setzte sich gegenüber auf das Sofa und schaute Emily erwartungsvoll an.

Emily zeigte mit dem Finger auf die Bilder an der Wand.

«Ist das deine Familie?»

Loar schaute hinüber zur Wand. «Ja, die Frau auf dem linken Bild ist, oder war, meine Frau. Auf dem rechten Bild sind meine zwei Söhne.»

Emily schaute Loar fragend an.

«Meine Frau, Anike hiess sie, starb vor drei Jahren an einer Lungenentzündung.»

Emily blickte verlegen zu Boden. Eine kurze Pause entstand und Loar räusperte sich.

«Sie hätte dich gemocht Emily», sagte er schliesslich und lächelte ihr aufmunternd zu.

«Wo sind denn deine Söhne?»

«Der eine wohnt in Sjursnes, ungefähr anderthalb Stunden von hier, der andere in Tromsø. Der rechts im Bild ist Tarjas Vater.»

Emily nickte.

«Was wolltest du mir erzählen Emily?», fragte Loar schliesslich.

Emily lehnte sich im Stuhl zurück und nahm einen tiefen Atemzug.

«Tarja hatte mir doch die Geschichte aus deiner Kindheit erzählt, als du in dem Schneesturm einen Jungen gesehen hattest.»

«Ja richtig», meinte Loar und schlug die Beine übereinander.

Emily machte eine kurze Pause, um zu überlegen, wie sie das Erlebte am besten rüberbringen konnte.

«Nun - vor einigen Tagen, ich lag gerade im Bett und las in einem Buch, hörte ich jemanden meinen Namen rufen.»

Emily erzählte die Geschehnisse, von der ersten Begegnung mit dem Mädchen, bis hin zum gestrigen Nachmittag. Loar hörte aufmerksam zu und tippte sich fortwährend mit dem Zeigefinger an die Lippen. Hie und da machte er grosse Augen oder runzelte die Stirn, die meiste Zeit jedoch verzog er keine Miene, und Emily hatte schon Angst, dass er sie gleich auslachen würde.

Nachdem sie die Geschichte zu Ende erzählt hatte, kehrte eine tiefe Ruhe in Loars Wohnzimmer ein. Das Knistern des Kaminfeuers klang in der Stille wie Gewehrsalven.

Dann setzte sich Loar an den Rand des Sofas, beide Hände zu einem Trichter geformt und starrte Emily mit leicht geröteten Augen an.

«Das ist ja eine fantastische Geschichte!», sagte er und beendete damit die unangenehme Stille. «Weisst du, was das bedeutet?»

Emily sah ihn etwas ratlos an und schüttelte den Kopf. «Ich weiss nur, dass ich mir das alles nicht erklären kann. Das kann doch nicht real sein!»

«Weisst du Emily, ich glaube dieser Fjord birgt Geheimnisse, die weit über unser Verständnis hinausgehen. Die Stille und die Abgelegenheit des Tales bringen Dinge hervor, die du woanders kaum sehen wirst. Und weisst du was? Du bist privilegiert, dass du das erleben durftest. Dass du Mari gesehen hast, hat eine

Bedeutung.» Es folgte eine kurze Pause. «Mari ist nicht mehr unter den Lebenden.»

Erneut blieb er für einige Sekunden still. Dann fuhr er fort.

«Das wiederum bedeutet, dass ich mit meiner Vermutung Recht hatte, und dass ihr Vater höchstwahrscheinlich daran schuld ist. Ich wusste es, verdammt, ich wusste es!» Loar ballte seine Fäuste, erhob sich aus dem Sofa und ging zum Fenster. Die Hände in die Hüfte gestemmt schaute er in die Dunkelheit des Fjords hinaus.

Emily beobachtete ihn aus ihrem Sessel heraus und überlegte, was sie als Nächstes sagen sollte.

«Ich hatte das Gefühl, als wolle sie mir etwas zeigen», sagte sie schliesslich. «Ich wollte zurück zum Haus, weil ich sie doch ins Warme bringen wollte. Aber sie liess mich nicht.»

Loar drehte sich zu Emily um. «Was hattest du vorhin gesagt? Wie war Maris Wortlaut?»

«*Du musst mich nach Hause bringen!*» sagte sie.

«Du musst mich nach Hause bringen», brummelte Loar den Satz nach und drehte sich wieder zum Fenster hin. Er war mit dem Gesicht so nahe am Fenster, dass sich die Scheibe vom Atmen beschlug. Loar schien nachzudenken. Dann setzte er sich mit einem tiefen Seufzer aufs Sofa und bat Emily, sich neben ihn zu setzen. Er legte den Arm um sie und lächelte ihr zu.

«Was du da erlebt hast Emily, konntest nur du erleben. Mari hat sich nur dir gezeigt. Zwischen euch ist eine Verbindung, du hast sie gespürt, als sie dir die Hand gab. Hattest du Angst verspürt?»

«Am Anfang schon, aber plötzlich war sie weg.»

«Siehst du, das meine ich. Sie will dir nichts Böses. Sie will dir etwas zeigen – etwas Wichtiges!»

«Warum ist sie aber dann weggerannt?»

«Du sagtest doch, dass dein Vater unten nach dir gerufen hatte oder nicht?»

Emily schien zu verstehen. «Damit hatte er sie verscheucht?»

«Gewissermassen, ja. Aber sie wird wiederkommen, glaub mir.»

Emily überlegte, ob die Zeit gekommen war, Loar von dem Tagebuch zu erzählen. Sie wollte eigentlich damit warten, bis sie es zu Ende gelesen hatte. Sie entschied sich zu warten, es waren ja nicht mehr viele Einträge übrig.

«Was denkst du, was sie mir zeigen will?»

Loar nahm den Arm von Emilys Schulter und meinte: «Ich glaube sie will dir zeigen wo sie gestorben ist.»

Eine lange Stille folgte. Beide verloren sich in ihren Gedanken.

«Ich werde heute Nacht auf sie warten», sagte Emily und erhob sich.

Loar schaute sie aus wässerigen Augen an.

«Tu das. Nachts solltet ihr nicht gestört werden. Pass mir aber bloss auf, wenn du in der Gegend umherläufst. Am liebsten würde ich dich ja begleiten, aber ich glaube, du musst das alleine durchziehen.»

Emily nahm Loars Hand.

«Mir wird schon nichts passieren. Mach dir keine Sorgen.» Und mit diesen Worten verabschiedete sie sich und machte sich auf den Heimweg.

Knochen

6. Dezember 1978

Heute ist der Tag, an welchem ich von hier fortgehe. Ich habe alles genau geplant. Wenn Vater zur Tür reinkommt, schlage ich ihm die Lampe über den Schädel und flüchte aus dem Zimmer. Ich hoffe, dass ich noch genug Kraft dafür aufbringen kann. Vom wenigen Essen bin ich sehr geschwächt, doch mein Wille ist stark und verleiht mir Kraft.

Soeben habe ich Loar durchs Fenster gesehen. Ich schreibe ihm einen Zettel und werfe ihn durch den Spalt zwischen den Brettern.

Emily sass an ihrem Schreibtisch und las in Maris Tagebuch. Der Eintrag vom 6. Dezember war sehr kurz. Sie blätterte eine Seite weiter, fand aber nur ein unbeschriebenes Blatt. Auch auf den restlichen Seiten waren keine Buchstaben zu finden.

Konsterniert starrte sie auf die leeren Seiten. Das konnte doch nicht einfach so enden. Erneut blätterte sie bis zum Ende des Buches weiter, mit demselben Ergebnis. Mit klopfendem Herzen legte sie das kleine Buch zur Seite und starrte an die Wand. Jetzt würde sie nie erfahren, was mit Mari passiert war. Sie fühlte sich wie ein kleines Kind, das an Weihnachten keine Geschenke unter dem Baum vorfindet. Sie vergrub das Gesicht in den Händen und hätte am liebsten losgeheult. Tagelang hatte sie mit Mari mitgelitten, halbe Nächte um die Ohren geschlagen und jetzt das.

Jetzt gab es keine Ausrede mehr. Sie musste Loar das Tagebuch zeigen. Doch heute durfte sie bestimmt nicht mehr raus.

Um zehn Uhr abends wünschte sie ihrem Vater eine gute Nacht und zog sich in ihr Zimmer zurück. Sie wollte warten bis er zu Bett ging und danach auf der Veranda nach Mari Ausschau halten.

Gegen ein bleiernes Schlafbedürfnis ankämpfend, hörte sie kurz vor Mitternacht ihren Vater die Treppe hochschleichen und in seinem Zimmer verschwinden. Zehn Minuten liess sie verstreichen. Dann öffnete sie vorsichtig die Tür und horchte in den Flur. Leises Schnarchen drang an ihr Ohr. Er schlief also schon. Sachte schlüpfte sie zur Tür hinaus und stand kurze Zeit später mit dicken Kleidern am Körper und einer Wolldecke ausgerüstet auf der Veranda. Sie setzte sich auf einen Stuhl neben der Haustür, deckte sich bis oben hin zu und beobachtete etwas nervös die mondhelle Landschaft. Bis auf das entfernte Rauschen der Wellen war es totenstill. Emily lief ein Schauder über den Rücken und sie zog die Wolldecke noch etwas enger um ihren Körper. Der Mond stand knapp über dem gegenüberliegenden Berggipfel, und dann sah sie ein schwaches, grünes Band, welches sich entlang dem Gipfelgrat in den Fjord hinauszog. Wie schon die vorderen Male wurde sie erneut in den Bann der Farben gezogen und ihre Gedanken entfernten sich für einen Moment von ihrem eigentlichen Vorhaben. Wie sich im Wind bewegende Vorhänge, schlängelte sich das Band über den Himmel und änderte Formen und Richtung von Minute zu Minute. Emily legte die Decke zur Seite und kam unter dem Vordach hervor. Währendem sie noch den tanzenden Nordlichtern zuschaute, bemerkte sie eine Veränderung. Sie konnte nicht sagen was es war. Sie fühlte ein Kribbeln am ganzen Körper. Erschrocken drehte sie sich um. Und da stand sie – Mari. Zitternd, und nur im weissen Nachthemd bekleidet, lächelte sie Emily an. Emily gefror das Blut in den Adern, aber kaum war Mari bei ihr und hatte ihre Hand genommen, verflog die Angst wie Rauch.

Ohne ein Wort zu sagen führte Mari sie wieder vom Haus weg in den Wald. Sie nahmen den gleichen Weg wie schon beim letzten Mal und erreichten nach einer Weile den oberen Waldrand. Keiner der beiden sprach ein Wort.

Mari führte sie weiter über die weisse Ebene, bis sie von Weitem einen Felsen sehen konnte. Mari schien genau darauf zuzuhalten. Emily wollte etwas sagen, doch sie folgte ihr stumm und versuchte mitzuhalten. Ein paar Minuten später erreichten sie den Felsen. Daneben ging es fast senkrecht in die Tiefe. Mari blieb vor dem Abgrund stehen und schaute über den Fjord. Emily stellte sich neben sie. Die Meereszunge lag glitzernd zu Füssen des Berges und die dahinterliegenden Täler verloren sich in der Weite des Landes. Maris altes Haus thronte leblos neben dem ihren. Ein dunkler Punkt im hellen Schnee.

Mari drehte sich plötzlich um und kniete in den Schnee. Mit der flachen Hand fuhr sie sanft über die Oberfläche und wiegte dabei vor und zurück. Emily stand nur da und schaute ihr zu, unfähig ein Wort zu sagen oder sich zu bewegen. Nach einer Weile hielt Mari in ihren Wischbewegungen inne und schaute zu Emily hoch.

«Du musst mich nach Hause bringen!», flüsterte sie ihr zu.

Emily hatte die Herrschaft über ihren Körper wieder zurückerlangt und kniete sich neben ihr hin.

«Aber dein altes Haus ist völlig heruntergekommen.»

Mari griff plötzlich nach Emilys Hand und wandte ihren Kopf Richtung Fjord.

«Zu Mama.»

Emily schaute erst Mari an, dann hinunter in den Fjord und da fiel ihr erstmals der Felsbrocken am Strand auf. Maris Felsen, wie sie ihn im Tagebuch immer wieder erwähnt hatte. Dort, wo sie fast tagtäglich mit ihrer Mutter gesessen hatte, während sich ihr Leben zusehends in eine Hölle verwandelt hatte. Dort, wo ihre Mutter gestorben war und dort wo sie begraben lag. Jetzt verstand sie endlich was Mari ihr sagen wollte.

Als Emily sich wieder zu ihr umdrehte, war sie verschwunden. Sie hatte nicht mal bemerkt, als sie ihre Hand losgelassen hatte. Emily schaute sich nach allen Seiten um, doch von Mari war nichts mehr zu sehen. Sie rief ihren Namen in die stille Nacht. Nichts. Ratlos blickte sie an die Stelle, wo Mari eben noch mit ihrer Hand den Schnee gestreichelt hatte. Ein ungutes Gefühl stieg in ihr auf. Lag sie vielleicht unter dem Schnee? Es gab nur einen Weg das herauszufinden. Der Schnee musste weg. Alleine würde sie dies aber nicht schaffen. Und es gab nur eine Person, die ihr dabei helfen würde.

~

Mari beobachtete Emily, wie sie in den Himmel starrte und mit ihren Augen den Nordlichtern folgte. Sie wusste aus Erfahrung, was diese Lichter mit einem anstellen konnten. Doch jetzt fühlte sie nichts mehr. Die Leere in ihrem Körper schluckte sämtliche Gefühle und zurückblieb Kälte und Verdammnis.

Langsam näherte sie sich Emily, bis diese sich umdrehte und sie mit grossen Augen anstarrte. Wiederum nahm sie ihre Hand und drückte sie sanft. Sie musste wieder ihre ganze Kraft aufbringen, um sich Emily zu zeigen. Sie fühlte wie ihre Energie von Sekunde zu Sekunde schrumpfte.

Wortlos führte sie sie durch den Wald den Berg hinauf, bis sie auf eine baumfreie Ebene traten. Schon von weitem sah sie ihr Versteck, da wo sie vor einer Ewigkeit viele Stunden in Angst verbracht hatte. Es war der einzige Ort gewesen, wo sie sich sicher gefühlt hatte. Bis zu jenem Abend, wo alles schwarz und kalt wurde.

Vor dem Felsen fiel sie völlig erschöpft in den Schnee und schaffte es noch, mit der Hand über den Ort ihres Schicksals zu streicheln. Dann drehte sie sich zu Emily um und sagte ihr *«Du musst mich nach Hause bringen.»* Und mit letzter Kraft schaffte sie es noch *«Zu Mama.» zu sagen.* Dann fiel sie wieder in den Abgrund.

Wiedergutmachung

Nachdem Emily nach Hause zurückgekehrt war, legte sie sich ins Bett und suchte vergeblich nach Schlaf. Zu viele Gedanken schwirrten ihr durch den Kopf und so war sie auch noch wach, als ihr Vater um sieben Uhr morgens aufstand. Es war Sonntag.

Als sie zehn Minuten später in der Küche erschien, schaute ihr Vater sie überrascht an.

«Du bist schon wach?»

«Ich habe in den letzten Tagen genug geschlafen, ich bin nicht mehr müde», log sie.

«Dann können wir ja zusammen frühstücken», meinte er und strich ihr liebevoll über den Kopf.

«Ich gehe nachher zu Loar», sagte Emily mit halb vollem Mund.

Ihr Vater schaute sie etwas skeptisch an. «Meinst du nicht, dass er seine Ruhe haben will? Du warst in den letzten Tagen ziemlich oft bei ihm zu Besuch.»

«Er sagte mir gestern, dass er mir heute noch ein paar Geschichten mehr erzählen wolle.»

«Wie du meinst. Wenn *er* einverstanden ist, ist das für mich auch in Ordnung.»

Emily atmete innerlich auf.

Eine Stunde später stapfte sie mit einer Taschenlampe bewaffnet durch den kniehohen Schnee. Sie konnte den Spuren der letzten Tage folgen und so war es nicht mehr ganz so mühsam vorwärts zu kommen.

Als sie vor der Haustür stand, fragte sie sich, ob er überhaupt schon aufgestanden war. Egal, sie konnte mit ihren Neuigkeiten nicht länger warten. Also klingelte sie.

Loar öffnete ihr mit einer dampfenden Tasse in der Hand die Tür.

«Na sieh mal an, bist du aus dem Bett gefallen?», fragte er sie lächelnd.

Emily zog das Tagebuch aus der Jackentasche und hielt es ihm vors Gesicht.

«Ich muss dir ein Geheimnis anvertrauen Loar.»

Im Wohnzimmer erzählte Emily, wie sie das Tagebuch gefunden hatte. Loar hörte mit grösster Aufmerksamkeit zu und drehte das Buch schliesslich in den Händen hin und her. Dann schlug er es auf und begann darin zu lesen.

Emily beobachtete ihn aus ihrem Ohrensessel heraus. Hin und wieder hob er die Augenbrauen oder schüttelte den Kopf. Ab und zu stiess er einen leisen Seufzer aus oder schloss für kurze Zeit die Augen. Man konnte sehen, dass er mit jedem gelesenen Wort mehr litt. Sie wandte den Blick von ihm ab. Im Kamin brannte bereits ein kleines Feuer und erfüllte das Wohnzimmer mit angenehmer Wärme. Emily fühlte wie der Schlaf ihrer übermächtig wurde und bald hatte sie den Kampf verloren.

Als sie wieder zu sich kam, stand Loar am Fenster und hatte die Hände auf dem Rücken verschränkt.

«Loar?» Emily stand schlaftrunken auf und ging zu ihm hinüber. Sie nahm seine Hand und schaute zu ihm hoch. Er hatte geweint, seine Augen waren gerötet und seine Stirn lag in tiefen Falten. Emily wollte in diesem Augenblick nichts lieber als ihn umarmen. Loar schaute zu Emily herab und schien ihr Bedürfnis aus ihren Augen abzulesen. Er drehte sich um und drückte sie fest an sich. Emily begann zu weinen und sie konnte fühlen, dass Loars Körper ebenfalls bebte. So standen sie eine Weile, bis Loar die Umarmung lockerte. Emily schaute mit verweinten Augen zu ihm hoch.

«Da ist noch was, Loar», sagte sie schliesslich. «Letzte Nacht hat mich Mari wieder den Berg hinaufgeführt. Dieses Mal jedoch verschwand sie nicht einfach. Sie führte mich an einen kleinen Felsen. Dort blieb sie stehen und kniete in den Schnee. Dann sagte sie mir wieder dasselbe, wie bei unserer letzten Begegnung - *Du musst mich nach Hause bringen.* Und als ich dann fragte, ob sie in ihr altes Haus zurückwollte, sagte sie: «*Zu Mama.*»

Loar ging hinüber zum Sofa und setzte sich. «Sie will bei ihrer Mama begraben werden», murmelte er abwesend vor sich hin.

Emily setzte sich neben Loar aufs Sofa. «Sie liegt da oben beim Felsen. Wir müssen ihr helfen Loar. Wir müssen sie zu ihrer Mutter bringen.»

Loar lehnte sich im Sofa zurück und schaute Emily aus traurigen Augen an. «Weisst du was das Schlimmste am Ganzen ist?»

Emily schüttelte den Kopf.

«Ich hätte sie retten können. Sie hatte mir einen Zettel aus dem Fenster geworfen, gerade als ich um das Haus gehen wollte, damals, als ich Thore zum letzten Mal gesehen hatte. Ich hätte sie aus ihrem Martyrium befreien können.» Loar schüttelte schmerzlich den Kopf.

«Du konntest es ja nicht wissen. Und Thore hat dich vom Grundstück gejagt. Du hast ja sogar noch nach ihr gerufen. Es war eine hoffnungslose Situation.»

Loar schaute sie gedankenverloren an.

«Wenn ich nur die Zeit zurückdrehen könnte.» Er schloss kurz die Augen. Als er sie wieder öffnete, schaute er Emily entschlossen an. «Ich konnte ihr damals nicht helfen - aber ich werde das jetzt nachholen.»

Erlösung

Als Loar sich winterfest angezogen hatte, gingen sie gemeinsam in den Geräteschuppen, bewaffneten sich je mit einer Schaufel und machten sich durch die Dunkelheit auf zu Maris geheimen Versteck. Ein silberner Streifen am Horizont kündete die wenigen Stunden Tageslicht an, welche in der Polarnacht die Landschaft in ein kaltes, bläuliches Licht tauchten.

Loar und Emily hatten den Waldrand hinter sich gelassen und gelangten etwas ausser Atem zu der Stelle, wo Mari sie gestern verlassen hatte.

Loar stützte sich auf die Schaufel und überblickte den Fjord.

«Ist es nicht schön hier!», sagte er vor sich hin.

Emily nickte stumm.

«In der Polarnacht sagen wir den Mittagsstunden *Die blaue Stunde*. Jetzt siehst du warum. Als hätte jemand Tinte über die Landschaft verschüttet. Selbst nach all meinen Lebensjahren hier im Norden, bin ich doch jeden Tag von der Schönheit der Farbenspiele fasziniert. Wir haben hier ein Privileg, Emily. Dieses Licht spendet Energie. Dein Geist saugt es auf wie ein Schwamm.»

Er blickte zu Emily hinunter, drückte sie kurz an sich und begann schliesslich den Schnee wegzuschaufeln. Emily tat es ihm gleich. Nach fünfzehn Minuten hatten sie eine beträchtliche Menge weggeräumt. Der Boden kam in Sicht und mit ihm auch ein Fetzen von einem Kleid.

Loar blickte zu Emily, die mit grossen Augen auf das Stück Stoff hinunterstarrte. Dann schaufelte er noch etwas mehr Schnee zur Seite und da entdeckten sie die ersten Knochen.

Loar schüttelte traurig den Kopf. «Weisst du, nach genau diesem Ort hatte ich damals tagelang gesucht. Mari wollte mir einmal ihr geheimes Versteck zeigen - leider kam es nie soweit. Ich ging davon aus, dass sie sich im Wald hinter dem Haus ein Versteck gebaut hatte, so weit hoch bin ich nie gegangen. Ich war ein Narr.» Seufzend befreite er auch noch die restlichen Knochen vom Schnee.

Loar hielt kurz inne und schaute Emily an. «Ich weiss wirklich nicht, ob du hier dabei sein solltest. Du wirst Albträume davon kriegen.»

«Ich werde jetzt nicht davonrennen. Nicht nach alledem, was ich über Mari in Erfahrung gebracht habe. Ich will ihr helfen. Auch wenn ich den Rest meines Lebens nachts davon erwache.»

Loar nickte und fuhr fort. Nach ein paar Minuten standen sie vor einem kleinen Skelett. Schweigend starrten sie auf Maris Überreste. Emily konnte nicht anders als loszuheulen. Loar nahm sie in den Arm und streichelte ihr über den Hinterkopf.

Nachdem sie sich ein wenig beruhigt hatte, kniete er sich neben den Schädel und drehte ihn hin und her.

«Schau», sagte er ganz leise. «Hier ist eine Einbuchtung in der Schädeldecke. Jemand musste sie mit etwas Schwerem geschlagen haben.» Er streichelte den Schädel als wäre es eine noch lebende Person.

Emily schluckte den Klos im Hals hinunter. «Ihr Vater?»

Loar nickte. «Ich bin mir sicher, dass Thore den Zettel gefunden hatte und Mari daraufhin noch Schlimmeres antun wollte. Sie muss in ihrem Nachthemd auf diesen Berg geflohen sein und hier hatte Thore sie eingeholt und ihrem Leben ein Ende bereitet. Ich hoffe, er schmorrt dafür in der Hölle.» Er presste die Lippen so fest aufeinander, dass sie weiss wurden. Emily konnte sehen, dass er innerlich kochte. Es musste für ihn unendlich schwierig sein. Mari war fast wie ein Enkelkind für ihn gewesen. Und Freya wie eine Tochter. Dass er jetzt, nach all den Jahren, die endgültige Gewissheit über Maris Verbleib hatte, dürfte eine fast verheilte Wunde wieder aufreissen.

«Komm, bringen wir sie dahin, wo sie Ruhe findet.» Er zog eine Plane aus der Jacke und gemeinsam legten sie die einzelnen Knochen hinein. Als sie fertig waren verschnürte Loar die Plane und hängte sie sich über die Schulter.

Gemeinsam folgten sie den Spuren zurück den Berg hinunter. Keiner sprach ein Wort, zu gross war die Trauer. Emily hätte sowieso nicht sprechen können. Ihr Hals war wie zugeschnürt.

Nach zwanzig Minuten, die Emily vorkamen wie drei Stunden, erreichten sie Maris Felsen. Emily konnte sich kaum noch auf den Beinen halten. Die Aufregung hatte ihr sämtliche Energie geraubt und sie setzte sich erschöpft auf den Felsen.

Loar lud die Plane ab und begann sogleich den Boden vom Schnee zu befreien. Emily konnte sehen, dass auch er langsam erschöpft war. Nach einer Weile kam plötzlich ein Kreuz zum Vorschein. Emily erhob sich und gesellte sich zu Loar.

«Freyas Grab», murmelte er vor sich hin. Emily erwiderte nichts, sondern begann ein Loch daneben auszuheben. Der Boden war hart und Emily hatte nach wenigen Minuten keine Kraft mehr in den Armen. Loar befahl ihr deshalb, sich wieder auf den Felsen zu setzen, er würde den Rest erledigen.

Emily setzte sich völlig entkräftet hin, stützte sich mit dem Kopf an der Schaufel ab und schaute Loar zu. Trotz der eisigen Kälte tropfte ihm bald der Schweiss von der Stirn. Mehrmals musste er eine Pause einlegen. Nach dreissig Minuten war die Grube gross genug und er legte die Schaufel zur Seite. Langsam kniete er sich hin und begann Maris Überreste sorgfältig in die Grube zu legen. Einen Knochen nach dem anderen legte er sanft wie eine Feder auf die Erde. Als er fertig war, schüttete er die Grube wieder zu.

«Wirst du der Polizei erzählen, dass wir Mari gefunden haben?», fragte Emily, die nun vor Maris Grab stand.

Loar blickte schweigend zu Boden. «Nein. Niemand hat Thore gefunden. Ich schätze, er ist auch tot. Er könnte also eh nicht bestraft werden. Und Mari hat jetzt ihre Ruhe gefunden. Sie soll hier bei ihrer Mutter bleiben und nicht auf einem Untersuchungstisch der Gerichtsmedizin.»

Ein Windstoss wirbelte Emilys Haare durcheinander und sie schaute auf den Fjord hinaus. Ein Vorhang aus Schnee näherte sich dem Strand. Dann sah sie noch etwas anderes. Das kleine Boot, welches am Steg vertäut gelegen hatte, hatte sich gelöst und trieb im Wasser. Und darin stand ein Mädchen im weissen Nachthemd.

Emilys Herz machte einen Sprung und sie griff nach Loars Hand. Das Boot entfernte sich immer weiter vom Ufer. Emily rannte plötzlich in Richtung Strand davon. Loar folgte ihr und als er sie eingeholt hatte legte er einen Arm um sie.

«Da ist Mari, Loar, siehst du sie? Sie geht fort!», sagte sie aufgeregt. Mari hatte beide Hände vor der Brust verschränkt und lächelte ihnen zu. Dann hob sie eine Hand und winkte. Die Wand aus Schnee kam immer näher und verschluckte schliesslich das Boot und Mari. Die Schneeflocken wehten Emily ins Gesicht. Sie schloss die Augen, atmete tief ein und fühlte sich befreit. Die Anspannungen der letzten Tage, der Kummer und die Müdigkeit waren verflogen, und jeder Atemzug fühlte sich an, als würde ihr neues Leben eingehaucht.

Emily schaute zu Loar hoch.

«Hast du das gesehen Loar? Keine blutigen Kratzer mehr im Gesicht, die Haare waren sauber und wehten im Wind. Sie sah so glücklich aus.»

«Mari hat sich nur dir gezeigt Emily. Ich habe sie nicht gesehen. Sie hat *dich* ausgesucht, um ihr zu helfen. Und das hast du gemacht.» Er schaute zu ihr hinab und drückte sie noch fester an sich.

«Ohne dich hätte ich es nicht geschafft.»

Loar zuckte mit den Achseln. «Ich konnte nur helfen, weil du es möglich gemacht hast.»

Schweigend blieben beide noch eine Weile am Strand stehen und schauten auf den Fjord hinaus, der unter den weissen Vorhängen kaum noch zu erkennen war.

~

Die Dunkelzeit war vorbei. Zum ersten Mal seit Jahren sah sie Licht, fühlte ihren Körper, wie leicht und warm er war. Keine dunklen Erinnerungen, keine Schmerzen, keine Kälte. Sie konnte Mama fühlen und die fast vergessene Geborgenheit. Sie sah ihr lächelndes Gesicht, so rund und voller Farbe wie vor ihrer schrecklichen Krankheit.

121

Sie sah Emily am Strand stehen. Sie spürte, dass sie glücklich war. Auch *sie* hatte einen Teil ihrer dunklen Erinnerungen zurückgelassen und war bereit, ein neues Kapitel in ihrem Leben zu öffnen.

Sie winkte ihr zu während das Bild von Emily, dem Fjord, ihrem Zuhause und den weissen Bergen verfloss und sie sich voll und ganz dem sanften Schaukeln der Wellen hingeben konnte.

Epilog

Ein paar Tage später stand Emily am Strand und blickte auf den Fjord hinaus. Die Erlebnisse der letzten Tage hatten sie bis ins Innerste erschüttert.

Als sie hier vor etwas mehr als einer Woche angekommen war, glich ihr Leben einem Scherbenhaufen. Das zumindest hatte sie damals gefühlt. Ein Tunnel ohne Ende, ein unendliches Meer aus Wellen und Stürmen.

Maris Geschichte hatte ihr dann jedoch eine Seite des Lebens gezeigt, deren sie sich gegenüber in den letzten Monaten verschlossen hatte. Dem Willen, weiterzumachen. Wenn sie daran dachte, wie schwer Mari es im Vergleich zu ihr gehabt hatte, schämte sie sich jetzt fast für ihre Gefühlsausbrüche. Wie oft hatte man im Leben das Gefühl, dass es einem nicht schlechter gehen konnte. Doch solche Erlebnisse weisen einem dann wieder in die Schranken der Realität.

Emily dachte an die alte Frau vom Friedhof. Sie war schlussendlich der entscheidende Funken gewesen, der ihr neues Feuer eingehaucht hatte. Obwohl sie hier draussen etliche Kilometer von einem gewöhnlichen Leben entfernt waren, schien der Umzug hierher die beste Entscheidung gewesen zu sein. Zum ersten Mal seit Monaten fühlte sie eine Last von sich abfallen. Natürlich waren die Gedanken an Mutter nicht gänzlich verschwunden. Momente der Traurigkeit würden sie wohl auch für den Rest des Lebens verfolgen. Doch sie wird diese in Zukunft anders wahrnehmen. Sie liess nicht mehr zu, dass sie sie in einen Abwärtsstrudel zogen und nicht mehr losliessen.

Mari war wiedervereint mit ihrer Mama. Und auch wenn sie bisher nicht an das Leben nach dem Tod geglaubt hatte, schöpfte sie Hoffnung in dem Gedanken, dass sie eines Tages wieder in den Armen ihrer Mama liegen konnte. Doch bis dahin wollte sie das Leben so leben, wie ihre Mama es ihr in ihrem letzten Brief an sie gewünscht hatte.

Als Emily wenig später zu ihrem Haus zurückkehrte, fühlte sie mit jedem Schritt, dass die Kraft und Ruhe die sie brauchte, zurückkehrte. Die dunklen Gedanken der letzten Monate verblassten und gaben den Platz für eine glückliche Zukunft frei. Sie hatte Mari befreien können, und im Gegenzug hatte Mari ihr gezeigt, dass es sich zu kämpfen lohnt.

Als sie vor ihrer Haustür stand, blickte sie ein letztes Mal zum Nachbarhaus hinüber, lächelte, und begrüsste dann ihren Vater mit einer festen Umarmung.

Ende

Danksagung

Ich widme diese Geschichte meiner lieben Frau Nadine und danke ihr für die Geduld mit meiner Nordnorwegen Leidenschaft. Du weisst wovon ich spreche!

Ich danke Anita Mendes, meiner Nordlichtschwester aus Tromsø, für die Hinweise betreffend den lokalen Gegebenheiten. Du hast mir sehr geholfen. Durch dich und deinen Mann Michu wurde ich mit dem Norwegen Virus infiziert.

Funda danke ich für die kritischen ersten Korrekturlesungen und die Verbesserungsvorschläge. Dem Lektor Urs Probst danke ich für die Korrektur meiner Geschichte. Ralph, meinem super Kumpel, danke ich für die digitale Aufarbeitung meines Textes und ich freue mich auf weitere gemeinsame Nordlichttouren in der Wildnis Nordnorwegens.

Und natürlich danke ich den Lesern, die sich meine erste Geschichte zu Gemüte geführt haben. Und nicht zuletzt Alyona, die sich als Model für die Figur der Mari zur Verfügung gestellt hat.

Alle Figuren in dieser Geschichte sind frei erfunden. Hingegen sind die erwähnten Orte real und genau so schön, wie in der Geschichte beschrieben.

Mørketid eventyr